KB201845

무사시노(武蔵野)

황금알 시인선 306

무사시노(武蔵野)

초판발행일 | 2024년 12월 20일

지은이 | 안준휘(安俊暉)
옮긴이 | 한성례((韓成禮)
펴낸곳 | 도서출판 황금알
펴낸이 | 金永馥
주간 | 김영탁
편집실장 | 조경숙
표지디자인 | 칼라박스
주소 | 03088 서울시 종로구 이화장2길 29-3, 104호(동숭동)
전화 | 02)2275-9171
팩스 | 02)2275-9172
이메일 | tibet21@hanmail.net
홈페이지 | http://goldegg21.com
출판등록 | 2003년 03월 26일(제300-2003-230호)

무사시노(武蔵野)

안준휘 시(安俊暉 詩)
한성례 옮김(韓成禮 訳)

황금알

차 례

1장 무사시노

1章 武蔵野

무사시노에   武蔵野に
오디 열릴 무렵   桑の実なる頃
그대와   君に
만났네   出会えり

무사시노의   武蔵野の
졸참나무 단풍   楢紅葉
한 잎은   一葉は
그대와 나의   君と僕の
정표   しるし

그대와 나   君と僕
무사시노에   武蔵野に
물들어가는   染まりゆく
나뭇잎   木の葉
소중히   大切に
모으는 것은   集むるは

끊임없이   絶えず
자기본래로   自己本来に
돌아와   たち帰り
있네   居る

그때마다	その都度
때가 무르익어	時熟し
혼잣말처럼	独り言のように
말하네	語る
그대 곁	君がそば
걸어서 돌아가네	歩いて帰る
담쟁이꽃 꺾어	かずら手折り
향기 맡으며	香ぎつつ
그대	君
천연의 아름다움	天然の美
빛바래가는	移ろいゆく
나를	我を
압도하네	圧倒す
그대	君
소녀	少女
순간의 시선	一瞬の視線
나를 쏘네	我を射る

그대의 아름다움   君が美
신이 내린   神より来たる
죄와 과오   罪咎
함께   ともに

그대   君
고향   故郷
지노(茅野)로   茅野に
떠날 때   発つ時
조스이(上水) 물가   上水べり
오디   桑の実
흔들리네   揺る

잦은 기침에   咳込みて
그대의   君が
모과   カリン
원했네   求めけり

그대 열아홉   君十九
때가   時
찼네   張りつめる

그대의 눈길	君が目線
소녀와	幼きと
여자	女と
가슴 벅차올라	感極まりて
귀걸이	イヤリング
빼는	外す
그대 사랑스럽네	君いとし
그대가 준	君が
모과	カリン
내 앞에	わが前に
향기로워	芳香す
그대	君
고향	故郷
지노로	茅野に
떠날	発つ
때	時

그대	君
여린	幼き
연분홍에	うす紅に
정맥	静脈の
한줄기	一すじ
스며 있네	滲みをり

그대	君
기적의	奇跡の
선물	賜もの
그대 가슴에	君が胸に
한줄기	一すじの
정맥	静脈
퍼져 있는 것도	滲みをるも

자욱한 비안개	雨けむる
파란불	青信号
깜박이고	点滅し
또	また
빨간불	赤
그대와 나	君と僕
또 머지않아	またいづれ
헤어져야 하리	離れゆく

새로운	新しき
그대의	君が
모과즙	カリン液
내 앞에	わが前に
맑앟네	澄めり

그대 열아홉	君十九
십대의	十代の
마지막 눈물	最後の涙
나를 스쳐	我に触れ
가네	ゆく

그대 이마	君が額
여릿하게 희고	仄白き
미숙하기에	未熟ゆえに
나를	我を
사로잡네	とらえる

그대	君
미타카(三鷹)	三鷹
조스이 물가	上水べり
오디와	桑の実と
함께	共に
흔들리네	揺る

자욱한 비안개	雨けむる
속	なか
인생의 시간	人生の時間
쉼없이	休みなく
지나가네	過ぎゆく

오디	桑の実
잎새 그림자	葉影
어렴풋이	淡く
흔들리는 안쪽	揺るゝ奥
찌르레기	椋鳥の
한 마리	一羽あり

오늘	今日
그대	君に
만나는 날	会う日
벗나무 잎	桜葉に
직박구리 소리	ひよ鳥の声
산뜻하네	冴ゆ

어젯밤	昨夜
그대를 만나고	君に会いて
오늘 아침	今朝
직박구리 울어도	ひよ鳥の鳴くも
벗나무 잎새 그림자	桜木の葉影
고요	静まりて
하네	あり

내	わが
생의 마지막인가	最期かと
생각할 때	思う時
무사시노에 있었네	武蔵野にあり
이 무렵은	この頃は
직박구리만	ひよ鳥のみぞ
울고 있었네	鳴きをりて

그대를	君に
향해	向けて
부는	吹く
산들바람처럼	微風のごと
그대를	君に
향해	向けて
밀려오는	寄る
잔물결처럼	さざ波のごと
그 자취	その跡
남기지 않도록	留めぬように
부끄러워하며	はじらいつ
망설이며	ためらいつ
열아홉의 그대에게	十九の君に

그대	君
소녀	少女
챙 넓은	つば広き
모자	帽子
눈길	目線に
먼 곳	遠きもの
향해 있네	ありて

수평선	水平線に
응시하는	凝らす
눈 속	目の奥
한없이 푸르고	限りなく青く

내	わが
어린 시절	幼き頃に
피었던	咲きをりし
자귀나무 꽃	合歓の花
지금	今
그대 위에	君が上に
피네	咲く

석양 깔리는	西日さす
내 그림자	わが影
어찌하여	何故に
그대와	君に
겹치는가	重なる

고향의	古里の
갈댓잎	葦の葉
바삐 흔들리네	急ぎ揺る
내가	われ
그대 만난 후	君に会いてのち
흔들리듯이	揺るごと

그대를 만난	君に会いて
후부터	のちより
고향의	古里の
갈댓잎	葦の葉
바삐 흔들리네	急ぎ揺る

무사시노에	武蔵野に
달 기울고	月傾きて
오늘밤	今宵
그대	君
지노의 소녀	茅野の人
열아홉의 마지막	十九の終わり
달 흔들리네	月揺るゝ

눈 뜨면	目覚むれば
직박구리 소리	ひよ鳥の声
그대 만난	君に会いて
후부터	のちより
어찌하여	何故に
생사를 서두르나	生死を急ぐ
옅은 꿈 속	浅き夢の中
또다시	またしても
유서를	遺書を
쓰고	したため
있네	居りぬ

그대	君が
가슴의 고동소리와	胸の鼓動と
내 가슴의 고동소리	わが鼓動
누구 것인지 모르게	いづれとも知れず
겹쳐 뛰네	重なりて鳴る

정연한대로	整然としていて
늘어진대로	雑然としていて
떡갈나무집	樫の宿
편안하네	安らぎてあり

그대의	君が
향기 스며 있어	香りありて
나도 닦는	我も拭く
수건	タオル

운명의	運命の
얇은 막으로	薄き膜に
나뉘어	仕切られて
오늘	今日
한없이	限りなく
가까이 있네	近くいる

고향에	古里に
솔바람 울 듯	松風鳴るごと
끊임없이	絶えず
그대 울리네	君鳴る
흰 백합꽃 흔들리듯	白百合揺るごと
끊임없이	絶えず
그대 흔들리네	君揺る

20

제비꽃	すみれ
짙고 옅게	濃く淡く
서로 물들이며	染め合いて
흔들리네	揺る

그대와 나	君と僕
지상의 잔치	地上の宴
오렌지색으로	オレンジ色に
빛나며	輝いて
또	また
천상이 되네	天上となる

내 가슴에	わが胸に
끊임없이 울리는	絶えず鳴る
시심	詩心
그대에게	君に
불어가	吹き渡りて
솔바람처럼	松風のごと
울리네	鳴る

그대와 나	君と僕
뒤집혀	転倒す
모든 가치	あらゆる価値
다시금	再び
찾아내며	見出しつつ

사람은 미치고	人は狂い
사람은	人は
깨닫네	目覚める

솔바람	松風
우는	鳴る
고향	古里
멧새	頬白
지저귀네	さえずる

솔바람	松風
우는	鳴る
그늘 속 잡초에	下草に
도라지꽃	桔梗
흔들리네	揺る

어린	幼き
그대	君
어느새	いつしか
나를	我を
감싸는 것은	包みゆくは
모성이라 하는	母性という
것인가	ものか

그대가 있어	君ありて
소우주가	小宇宙と
되네	なる

달려 오는	走り来る
그대	君
여리고	幼く
아프도록	いたく
가슴	胸
풍만하네	豊か

그대	君
다시 꽂은	生け替えし
꽃병의 치자나무꽃	くちなしの花
초여름 잎새	初夏の葉
풍성하게	ふんだんに
그대와 나의	君と僕の
시간	時
천상이 되고	天上となり
지상이 되어	地上となり
운명이	運命の
허락하는 것과	許すものと
허락하지 않는	許さぬ
것	ものと

2장 떡갈나무집
2章 樫の宿

그대	君に
만날 날	会う日
아직 멀고	遠くして
또	また
직박구리	ひよ鳥
멀리서	遠く
우네	鳴く

안보고	会わないで
있으면	いれば
금새	すぐ
보고 싶어지는	会いたくなる
그대	君

오늘 아침은	今朝は
때까치 울고	百舌鳴いて
그대와 나의	君と僕の
시간	時
끝나네	終わる

한가위의	中秋の
둥근달	名月
또	また
이울어 가네	欠けてゆく

두 인생을	二つのものを
사네	生きる
비록	たとえ
죄라는	罪と
말 들을지라도	云われようとも

늦가을	晩秋の
석양 속에서	夕日のなかに
그대와 나	君と僕
백합나무	ユリの木の
제각각의	それぞれの
잎사귀 모양	葉形
찾았네	探しけり

늦가을	晩秋の
백합나무의	ユリの木の
잎사귀 모양	葉形
각각	それぞれに
그대와 나	君と僕

그대 열아홉	君十九
스물	二十
스물 하나	二十一と
별처럼	星のごと
제자리	我が位置
잡아 가네	定めゆく

그대 없는	君をらぬ
방	部屋
내가 있고	我居りて
또	また
그대 있는	君をる
기척	気配

나에게	我に
그대 있는	君をる
기척	気配

그대	君
떠난	去りて
후의	のちの
애수	哀愁
문득 즐기는	ふと好む
내가 되었네	我となり

그리운	懐かしき
추억 속	追憶の
나의 어머니	わが母
어머니	オモニ
하얀	白き
저고리	チョゴリ
어찌하여	何故に
그대와	君に
겹치는가	重なる

내	わが
무덤은	奥津城の
그대	君が
가슴 속	胸の奥
잎 사이로 비친 햇빛 깊숙이	木洩れ日深く
흔들리는 곳	さ揺るあたり

남의 딸	人の子
요코(容子)	容子
그대	君
스물 되는	二十
그 날	その日
나와 보내고	我と過ごし
가네	ゆく

떡갈나무 가지	樫の枝に
직박구리	ひよ鳥
날아와 지저귀고	来鳴きて
떡갈나무집	樫の宿
그대와 나	君と僕
머물렀네	落ち着きぬ

물푸레꽃   金木犀
선악의   善悪の
피안   彼岸
향기 나네   香りをり

직박구리   ひよ鳥
울고   鳴いて
여름풀   夏草
흔들리는   揺るゝ
떡갈나무집   樫の宿
그대와 나   君と僕
과거 현재   過去現在
미래   未来と
만나는   接する
곳   ところ

그대   君
없는   をらぬ
제비꽃   すみれ
시들어 있네   しおれをり
꽃대롱만   花芯のみは
물 올리며   水上げつ

무사시노의	武蔵野の
졸참나무와 떡갈나무	楢と樫
둘 다	いずれも
도토리	どんぐり
열리는 나무인지	なる木かと
묻는 그대	問う君
언제나	いつも
어리고 순수하네	幼くて

그대	君
꽂은 꽃	生けし花
산우엉과	山ごぼうと
제비꽃	すみれ
작은 병	小ビンの
속에	中に

그대	君
꽂은	生けし
들국화	野菊
작은 병 속에	小ビンの中に
또	また
조그맣게	小さく

여주덩굴	ニガウリの
노란 꽃	黄の花
감추어 둔	秘めたる
초록 꺼내네	緑注す

떡갈나무집	樫の宿
그대와 나	君と僕
성경 들고	聖書取りて
읽네	読む

간호사 모자	ナースキャップ
가녀린	いとけなき
적십자	赤十字
창가	窓辺
히말라야 삼나무	ヒマラヤ杉

신은	神は
주고	与え
뺏고	奪い
다시 주네	与える

신은	神
그대를 통해	君を通し
다시	再び
모든 것을	全てを
보여주려 하네	見せんとす
인생을	人生を
두번 사네	二度生きる
죄도 많은	罪も多き
간호사 모자	ナースキャップ
적십자의	赤十字の
그대	君
감싸는	降り包む
뇌우	雷雨
창가	窓辺
풋풋한	いとけなき
파란 도토리의	青どんぐりの

적십자
불빛 애처롭네
나 옛날 그대 나이 때
십자가 섬기겠노라
뜻 품은 적 있었음을
생각하며

赤十字
灯しをる哀し
我昔君と同じ頃
十字架に仕えんと
志し時あり
思いつ

그대
없는
적십자 쓸쓸했네
매미만
울고 있고
히말라야 삼나무
잎 떨어져
깔리네

君
をらぬ
赤十字淋しかり
夏蝉のみぞ
鳴きをりて
ヒマラヤ杉
葉散り
敷き

신은
줄 이유가 있기에
주고
주지 않을 이유가 있기에
주지 않네

神は
与えるがゆえに
与え
与えぬがゆえに
与えぬ

어제	昨日
그대와 본	君と見し
살구	杏
오늘 바람에	今日風に
휘날리고 있네	吹かれをり
오늘 밤	今宵
선택은	選択は
옳았을까	正しきか
돌아오는 길	帰り道
옅은	わずか
안개	霧
그대 집	君が家
나서니	出れば
안개	霧
나	我
내 그림자와	わが影と
걸었네	歩めり

이른 봄	早春の
그대	君
생각하니	思えば
살구	杏

살구꽃	杏花
뽀얀	白き
연분홍의	うす紅の

그대의 숨	君が息
어느새	どこからか
잠들어	寝息と
쉴 때	なるとき

순진무구한	無垢なる
그대 잠든 숨결	君が寝息
바깥에는	外
한바탕 돌풍 불고	一陣の風
까마귀	烏
울어도	鳴くも

하늘과	空と
구름과	雲と
나의 위치	我の位置

석양에	夕暮れに
선로	線路
갈라져 가네	別れゆく
신호	信号
파란불	青
또	また
빨간불	赤

수선화와	水仙と
히아신스	風信子
둘 다	すべて
내가 좋아하는	僕の好きな
이름	名の
한때의 것	一時のもの

히아신스　　　　　　　風信子
내가 좋아하는　　　　　僕の好きな
이름　　　　　　　　　　名の
덧없이　　　　　　　　　はかなく
피지 않기를　　　　　　開きゆかぬを
바라네　　　　　　　　　願う

무사시노의　　　　　　　武蔵野の
적십자　　　　　　　　　赤十字
가을 나무 사이로 비친 햇빛　秋木洩れ日の
직박구리　　　　　　　　ひよ鳥
나를 부르며　　　　　　我呼び
우네　　　　　　　　　　鳴く

오늘　　　　　　　　　　今日
노란 수선　　　　　　　黄水仙
조금　　　　　　　　　　やゝ
비스듬하네　　　　　　　はす向きの
무엇을　　　　　　　　　何をか
생각하나　　　　　　　　思わん

초봄의	早春の
튤립	チューリップ
속의 노랑	なか黄
그 속의 또 빨강	その奥また赤の

초봄의	早春の
튤립	チューリップ
창가	窓辺
젊은 커플	若きカップル
지나가는	通りすぎる
사이의	間の

오늘	今日
복수초	福寿草
그곳만은	そこだけは
따스하네	暖かく

복수초	福寿草
앵초	桜草と
저마다의 처마	それぞれの軒

노란 수선	黄水仙
올해 또	今年また
싸늘한 미풍	寒き微風
연노랗게	黄淡く
흔들리네	揺る

3장 직박구리

3章 ひよ鳥

무사시노	武蔵野
고요히	静かに
저물어 가고	暮れゆくも
노란 수선	黄水仙
흔들리네	揺る

노란 수선	黄水仙
찬바람 속	寒風のなか
나팔 수선이	ラッパ水仙と
되어 가네	なりゆく

모란	牡丹
봉오리	莟
피어나는	開きゆく
시간	時
품고 있네	含みをり

목련 속	木蓮の奥
부처	仏
살고	住まい
있네	居り

붉은 매화는	紅梅は
흰 매화 속	白梅の奥
어렴풋이	うっすらと

편백나무	桧葉
잎 사이로 비친 햇빛에	木洩れ日に
흰 매화	白梅の
떨어져 가네	散りてゆく

주운	拾いたる
푸조 열매	椋の実
새 그림자	鳥の影

푸조 열매	椋の実
밟혀 부스러지는	踏みしだかるゝ
샛길	小道
잎 사이로 비친 햇빛 깊고	木洩れ日深く
새소리	鳥の声
맑네	冴ゆ

주운   拾いたる
비자 열매   かやの実
하나   一つ
푸르고 떫은   青き渋き
고향의   古里の
향기   香り

혼자   一人
가는 길의 끝   ゆく果て
석산화   彼岸花
피고   咲き
물   水
흘러가네   流れゆく

모든 것   全て
운명에   運命に
맡긴   まかせ居る
지금 한 순간의   今一時の
평온함   安らぎ

그대	君
사온	買い来し
큼지막한	大きなる
무 반토막	半分の大根
사랑스럽네	いとし

무화과	無花果
뻗어 가네	伸びゆく
몇 번인가	幾度かの
생각	思い
겹치며	重ねつつ

몇 번인가	幾度かの
생각	思い
겹치며	重ねつつ
지금	今
무화과 잎	無花果の葉
떨어져 가네	散りゆく

모두 다	すべて
잃은 것	失いたるもの
겹치어	重なりて

관계 속에	関係の中に
그 거리	その距離の
속에	なかに
그대	君
유채꽃	菜花
데치는	茹でる
향기	香り
애처롭네	いたゝしき
무꽃	大根の花
바람에 흔들리어	風に揺る
뽀얀 연보라	白きうす紫の
한결같이	ひたすらに
되어 가려 하네	成りゆかんとす
한 번은	一度は
쓰러져 엎드린	たおれ伏す
무꽃	大根花

잘라 내고	切りすて
온	来し
나의 과거	わが過去
회한의	悔恨の
골 깊은	切れ込み深し
무화과 잎	無花果の葉

있어야 할	居るべき
곳에	ところ
어느 새	いつの間にか
있네	居る

새로운	新しき
생명	生命
태어날	生まれいづる
쪽에 있네	方に居る

유채꽃의	菜の花の
노란 다정함	黄の優しさ
그대이기에	君ゆえに

그대가 딴	君摘む
유채꽃	菜の花の
한 송이는	一つは
머리장식	髪かざり

그대이기에	君故に
슬픈 고독	悲しき孤独
그대이기에	君ゆえに
치유되네	癒さるゝ

근대나물	普段草
그대와 나의	君と僕の
정원에	庭に
돋아나네	生う

먼저 살던 사람	前に居た人
심고 간	植えゆきし
튤립	チューリップ
피었다가	咲き
지금 지고 있네	今散りゆく

그대와 나의 정원	君と僕の庭
먼저 키 작은	まず小さき
유채꽃	菜の花
한 송이 피어나	一つ咲き

나를 반기는	我迎う
유채꽃의	菜の花の
노란	黄の
다정함이여	優しさよ

벚꽃	桜
피기 시작하는	咲きそめる
푸른하늘	青空
엷고	淡く

벚꽃	桜
흔들며	揺らし
석양	夕日
지네	ゆく

벚꽃	桜
겹치어	うち重なりて
희미해져 가네	霞みゆく

벚꽃	桜
휘날리는 쪽으로	ふぶく方に
가네	ゆく

봄이 숨쉬는	春息吹く
무사시노	武蔵野
졸참나무 우듬지	楢こずえ
진하게 엷게	濃く淡く
연분홍	うす紅
물드네	染むる

백목련	こぶし
피는	咲く
산비탈	山腹の
평온히	穏やかに
산새 있네	山鳥のいる

산비탈	山腹の
백목련 피는	こぶし咲く
그 위	上
산벚나무 싹트네	山桜萌ゆ

온 산	全山
싹트는 중에	萌ゆる中
백목련꽃	こぶし花
떨어져 가네	散りゆく

봄날 새벽	春暁の
휘파람새 소리	鶯の声
내 양심	我が良心の
아파오네	やみ痛む

고독의 끝	孤独のはて
시간	時
투명하네	透きとおる

정신이 드니	気がつけば
플랫폼 끝	ホームの果て
걷고 있네	歩きいる
인생의	人生の
음영	陰影
숨바꼭질하는	見え隠れする
진실	真実
보이기 시작하는	見え来る
쪽으로	方に
가네	行く
존재의 바닥	存在の底
보이기 시작하네	見え来る
그대	君
옅은 안개	薄き霧
나의 과제	我が課題

그대를	君を
사랑하는 것은	愛することは
신에게 갚는 것	神に返すこと
내 자신의	自らの
죄를 갚는 것	罪に返すこと
무(無)의 사랑에	無の愛に
눈을 떠	目覚め
가는 것	ゆくこと

그대	君
심연	深き渕
나의 과제	我が課題

나	我
쫓아오는	追い来るは
그대	君
벚꽃 지는	桜散る
길	歩道

그대 있어	君あり
내가 있는	我ある
불가사의	不思議

히말라야 삼나무　　　　　ヒマラヤ杉
우듬지 흔들리는 끝　　　　梢揺る果て
삼림의　　　　　　　　　　森林の
푸른 하늘과　　　　　　　　青空と
구름　　　　　　　　　　　　雲

무사시노의　　　　　　　　武蔵野の
신록 속　　　　　　　　　　新緑の奥
오래된 새둥지　　　　　　古き鳥の巣
하나　　　　　　　　　　　一つ

창가　　　　　　　　　　　窓辺
히말라야 삼나무　　　　　ヒマラヤ杉
흔들리는 오후　　　　　　揺るゝ午後
그대 졸업하네　　　　　　君卒業す

그대　　　　　　　　　　　君
옅은 안개　　　　　　　　薄きミスト
낀　　　　　　　　　　　　かかる
봄의 요정　　　　　　　　春の妖精
간호사 모습이　　　　　　看護婦姿と
되어 가네　　　　　　　　なりてゆく

초봄의	早春の
따스한 빛 있어도	暖かき光あれど
차가운 바람	冷たき風
무사시노의 높은 우듬지	武蔵野の高き梢
의외로 날카로운 딱다구리	思いがけず鋭き啄木鳥の
소리	声
그 모습 찾아 올려다 보니	その姿探し見上げれば
역시 초봄의 푸른 하늘	やはり早春の青空
애달프게 빠른 구름	切なくはやき雲
흘러가네	流れゆく

하얀	白き
꽃봉오리	花苔
감귤꽃	ミカン花
향기롭네	香る

무사시노의	武蔵野の
민들레	タンポポ
따는 그대	摘む君
백의	白衣
적십자의	赤十字の

그대	君
감귤꽃	ミカン花
아련한 향기	ほのか香る
백의	白衣
적십자	赤十字

푸른 하늘에	青空に
흔들리는	揺る
으름덩굴꽃	木通花
내 회한의	我が悔恨の
가슴에 스며들어	胸に滲み
괴롭네	痛む

저 멀리 푸른하늘	遠き青空
비행기구름	飛行機雲の
한 줄기	一すじ

찌르레기도	椋鳥も
산비둘기도 있고	雉子鳩もいて
무사시노	武蔵野
초여름	初夏の
초원	草原

지나온 길	来た道
되돌아	振り返り
보니	見れば
무사시노	武蔵野の
초여름	初夏
잎 사이로 비친 햇빛	木洩れ日

4장 순간

4章 一瞬

오늘 아침은   今朝は
참새 울어   雀鳴いて
평상심   平常心
나를   我を
바로잡아 가네   正しゆく

또   また
기지개   背筋
켜고 있는   伸ばしいる
나에게   我に
신록   新緑
오월 바람   五月風

새잎 돋은 벚나무   葉桜の
잎맥   葉脈
늠름하구나   たくましき

운명과   運命と
필연의   必然の
떡갈나무집   樫の宿

지금	今
때가 되어	時現れて
석류꽃	ざくろ花
피네	咲く
이 한 순간도	この一時も
영원	永遠
새잎 돋은 벗나무	葉桜
잎 사이로 햇빛 비치는	木もれ日の
길	道
떡갈나무집	樫の宿
나 이곳에 살며	我ここに生き
보고 정함은	見取るは
그대	君
스물 둘	二十二
창가에는 한층	窓辺さらに
앳된	いとけなき
석류열매	ざくろ実
하나	一つ

그대	君
안고	抱き
돌아 온	帰り来し
노란	黄の
미니 장미	ミニバラの
꽃은	花は
2센티미터 정도	二センチ程の

오월 바람	五月風
불어와	吹いて
나	我
새로워져 가네	改まりゆく

그대	汝
노란	黄の
미니 장미	ミニバラ
내 회한의	わが悔恨の
가슴 속	胸の
아픔	痛み
메우지 못하고	埋めやらず

밖은	外
고요해져	静まりて
새 우네	鳥鳴く
나를	我
위로하는	慰める
적당한	程よき
인파	雑踏
오늘밤	今宵
위로해주는 것은	慰めは
그대	汝
노란	黄の
미니 장미	ミニバラ
오직 하나	唯一つ
모차르트 음악	モーツアルトの音
연주하네	奏でいる
카페	カフェ
남들 일어설 때	人たつとき
나도 일어설	我もたつ
때인가	ときか

역	駅
인파 속 계단	雑踏の階段
잿빛 그림자	灰色の影
흔들리는 가운데	揺れるなか
누군가의 한숨	誰か溜息
사람	人
각각	それぞれに
나와	我と
다른	異なる
사람들	人々
나를 위로하네	我を慰める
호박꽃	カボチャ花
노란	黄の
평온해진	安らぎてある
오전	午前
그대와 헤어지네	君と別れゆく

호박	カボチャ
처음 핀 꽃	初花の
노란	黄の
낮을 못 기다리고	昼またず
오므라드네	しぼみゆく

사프란과	サフランと
보내는	過ごす
가을 오후	秋の午後
사프란의	サフランの
그림자	影

캄캄한 어둠	暗き闇
넘지	超えることの
못하는 물	出来ぬ水
강	川
흐르고 있네	流れをり

나팔꽃	朝顔
하나 피고	一つ咲き
덩굴	蔓
갈라지네	別れをり

사랑 나눈	愛し合う
끝	はて
직박구리 소리	ひよ鳥の声
멀리서	遠く
우네	鳴く

강줄기	川すじ
두 갈래로	二手に
나뉘고	別れ
다시 만나	また合いて
흘러가네	ゆく

헤어지기에는	別るゝには
너무나도	あまりに
큰	大き
관계	関わり

말 없는	無言の
식사	食事
직박구리	ひよ鳥
멀리서 우네	遠く鳴く

68

그대와의	君との
거리	距離

쓸쓸함과	淋しさと
자유	自由

자리 뜨려	席たたんと
해도	思えど
지금	今
나의	我が
멜로디	メロディ
들려 오네	聞こえ来る

지금	今
울리는 것은	鳴るは
쓸쓸한	わびしき
오보에 음률	オーボエ

무사시노의	武蔵野の
낙엽길	落葉道
내 인생처럼	わが人生のごと
왔다	行きつ
갔다	戻りつ

무사시노의	武蔵野の
낙엽	落葉
나와 닮은 잎	我に似たる
하나	一つ
주웠네	拾いにけり

감탕나무	もちの木
아직 파란	まだ青き
열매	実の
언젠가	いづれ
붉어져 갈	赤くなりゆく
터	はずの

70

지금	今
직박구리	ひよ鳥
날아 오르는	飛びたつ
순간의 소리	一瞬の声

찬바람 속	寒風のなか
주운	拾いし
낙엽 하나	落葉一つ
안주머니에	胸ポケットに

크리스마스 등불	クリスマスの灯
깜박이네	明滅す
내 인생에서	わが人生の
얻은 것	得しもの
잃은 것과	失いしものと

크리스마스	クリスマス
지나도	過ぎて
여전히	なお
깜박이는 등불	明滅する灯

변함 없이	かわりなく
살고 있는	生きている
나	我

오늘 밤	今宵
위안은	慰めは
야자열매	椰子の実
하나	一つ
무사시노에	武蔵野に
섣달 다가오는	師走寄る
등불 아래	灯のもと

인파 속	雑踏の中
인생의	人生の
단술과	甘酒と
떫은 술	渋酒と
섞어 마시네	混じり飲む

겨울의 별	冬の星
유달리 높이	一きわ高く
반짝이고 있는	またゝきてをる
그대의 집	君が家
나 지나쳤네	我過ぎにけり

창문	窓
김 서리는	曇りぬれる
조금 위쪽	上わずか
겨울의 푸른 하늘	冬の青空
새 건너가네	鳥渡りゆく

오늘 내리는 비	今日降る雨
떡갈나무 잎의	樫の葉の
차가운 물방울	冷たき雫

떡갈나무 잎	樫の葉
떡갈나무 잎의 물방울	樫の葉の雫
떨리네	揺る

한 방울   一雫
순간의   一瞬の
영원   永遠

떡갈나무 잎   樫の葉の
물방울 그쳐   雫やみ
맑아진   清められたる
고요함   静けさ

인생의   人生の
슬픈   悲しき
주마등   走馬灯
지금 켜지는 것은   今ともるは
죄와 무력함   罪と無力と

인생의 기로   人生の岐路
얻는 것과   得るものと
잃는 것   失うものと
골짜기   谷間
흘러가네   流れゆく

철교의	鉄橋の
강변	河原
찔레꽃	野いばら
피네	咲く
인생	人生
양심을	良心を
헛디뎌 가는	踏み外しゆく
끝에	はて
신발 끈	靴ヒモ
한쪽	片方
풀려 있네	ほどけいたる
그대 떠난 후	君去りてのち
창문	窓
흐려 있네	曇りをり

치자나무   くちなし
꽃향기 나네   花香る
나 홀로   我一人
움직일 때마다   動くたび

관계와   関わりと
거리   距離と

성에 닦은   曇り拭く
창밖   窓外
석류   ざくろ
젖어 있네   濡れいる

나의 고독   わが孤独
높은   高き
태산목   泰山木
향그러운 내음은   芳香は
푸른 하늘 속   青空の中

석류꽃	ざくろ花
위를 향해	上向きて
피어도	咲くも
아래 향해	下向きて
피어도	咲くも
같은	等しき
잎 사이로 비친 햇빛 속	木洩れ日の中

오늘	今日
장마	梅雨
빗방울	雨雫
석류꽃에서	ざくろ花より
떨어지네	落つ

더는	これ以上
갈 곳 없는	行き着く所なき
내 심정	わが思い
지금 이 순간	今に
극에 달하네	極まる

작은	小さき
풀고사리	シダの
한 잎에도	一葉にも
산바람	山風の
불어 흔들리네	吹き揺るゝ

무사시노의	武蔵野の
낙엽	落ち葉
지고	散り
날아오르는	舞いあがる
그대와 나의	君と僕の
낙엽	落ち葉
또 줍네	また拾う

봉선화	鳳仙花
줄기와 뿌리 붉고	茎根赤く
잎새 그림자	葉影
비치어 가네	透けゆく

거센바람 지나가고	嵐去りて
맑은 샘물	清水
솟아 나는	湧き出づる
소리	音

5장 석류꽃
5章 ざくろ花

신사 나무 그늘에서	神社木陰より
떠 온	汲み来たる
맑은 샘물로	清水にて
오늘 여름	今日夏の
오후	午後
보내려	過ごさんとぞ
하네	思う

홀로	一人
맑은 샘물	清水
뜨러 가네	汲みにゆく

차가운	冷たき
단물	真水
입에 머금고	口に含み
삼키네	飲み下す

흘러 오는	流れ来る
물소리	水音
이삭여뀌	水引草
피네	咲き

무사시노의	武蔵野の
나무 그늘	木陰
내 그림자	わが影
나무에 기대어	木によりそいて
있네	あり

어째선지	何故か
마른 가지와	枯れ枝と
파란 풋 도토리	青どんぐりと
함께 떨어졌네	共に落つ

바다에서	海より
돌아 온	戻りたる
다음 날 아침	あした
무사시노에	武蔵野に
박새	四十雀
우네	鳴く

운명의   運命の
끝   果て
나팔꽃   朝顔の
자줏빛   紫
차분해   静まりて
졌네   あり

여행에서   旅より
돌아 온   戻りたる
다음 날 아침   あした
나팔꽃   朝顔の
자줏빛   紫
투명하네   透き通る

그대 있는   君居る
나팔꽃   朝顔の
자줏빛   紫

길모퉁이   角
돌면   まがれば
하얀 분꽃   白粉花
떡갈나무집   樫の宿

풀숲의 열기 草いきれ
어디선가 どこからか
으스름달 おぼろ月
무사시노의 武蔵野の
떡갈나무집 樫の宿

생각에 잠겨 もの思いつ
그대 君
가지고 돌아온 것은 持ち帰り来しは
하얀 분꽃 白粉花
흐릿한 かすか
연분홍의 薄紅の

봉선화 鳳仙花
한 겹 一重
바랬으나 求むれど
올해 今年
여러 겹 피네 八重咲く

올해	今年
봉선화	鳳仙花
여러 겹	八重
내 마음	わが心
메우기에	埋むるに
적합하네	合う

봉선화	鳳仙花
활짝 피어나고	咲きのぼり
올	今年
여름	夏
지나가네	過ぎゆく

봉선화	鳳仙花
투명해져 가는	透けゆく
시간의	時の
저편	彼方

수박덩굴	西瓜蔓
싹을 따니	芽摘めば
작은 열매	小さき実の
암꽃	雌花
있음을	あるものを

보름달 밤	満月の夜
양심	良心の
더욱	さらに
병들어 가네	やみゆく

보름달	満月
지나가고	過ぎゆきて
반달	半月の
한밤중의 달	夜半の月

여름	夏
어째선가	何故か
나뭇잎	落ち葉
하염없이	絶え間なく
떨어지는 밑을	落つ下
나	我
걸어갔네	行けり

인생의	人生の
떫은 맛	渋み
그 모두	全ては
좋은 일이라	よきことと
깨닫네	悟る

평소보다	いつもより
많이	多く
낙엽 지던	落ち葉散る
그 초가을 날	かの初秋の日
파란 풋도토리도	青どんぐりも
떨어졌네	散りをりし

강	川
여울	瀬
푸르고 하얗게	青く白く
소용돌이치고	逆まき
돌아오지 않는	帰らざる
나의 과거	わが過去
흘러가네	流れゆく

푸른 물	青き水
하얗게	白く
거품 일며	泡だち
가는 곳	ゆくところ

강	川
여울 남기고	瀬残し
흘러가네	流れゆく
하얀 점	白き点
움직이는 건지	動いているのか
아닌 건지	いないのか
바라보면	見つむれば
바라볼수록	見つむる程
강 수면	川面
잔물결 이는	さざ波たつ
곳	ところ
내 무덤 위에	我が墓の上に
솔바람 울고	松風鳴り
멧새 지저귀고	頬白さえずり
그늘 속 잡초에	下草に
도라지꽃	桔梗花
흔들리네	揺る

눈물 한 방울의	一露の涙あらん
덧없는 삶	はかなき生
강	川
여울	瀬
물 부서지는	水くだけたる
곳	ところ
이미 과거는	過去すでに
없고	あらず
지금 있는 것도	今あるも
순식간에	瞬時
과거가 되네	過去となる
내 인생은 어디에	わが生いづこ
이미	すでに
끝난 것인가	終わりたるか

덧없는	はかなき
시간 속에	時間の中に
무(無)의 속으로	無の中へと
용서받지 못할	許され得ない
자기파멸을 행하는가	自己破滅をなすか
그 절망의 심연에서	その絶望の渕より
다시 자기본래로 돌아와	再び自己本来に立ち返り
영원으로서의 삶을	永遠なるものとしての生を
획득하여 살 것인가	獲得し生きるか

어찌하여	何故に
신은	神
신성(神性)을	神性を
드러내는가	現わす

물 빛나며	水光り
반짝이는	さざめく
각도	角度

영원한 존재에	永遠なるものに
닿아가네	触れゆく

사는 각도
한결같이
있네

生きる角度
ひたすらに
いる

글라디올러스
꽃 피어날
얇은 잎새
발돋움하며
흔들리네

グラジオラスの
花咲くはずの
薄き葉
伸び上がり
揺る

자연의
아름다움과
질서
싸리나무에도
나비에도

自然の
美と
秩序
萩にも
蝶にも

자연의
질서
날아가는
무리
물떼새

自然の
秩序
飛びゆく
群れ
千鳥

오이 덩굴
조릿대
붙잡고
서네

キュウリ蔓
篠竹に
つかまりて
立つ

첫 잠자리
날아 와
다시 앉네

初トンボ
来て
止まり直す

내 조릿대에
잠자리
앉아 있는
행복

わが篠竹に
トンボ
止まりいる
幸せ

석류 열매
하나
고요히 흔들리고
나 지금
떡갈나무집에
살고 있네

ざくろ実
静かなる
一つ揺れ
我今
樫の宿に
住まいをり

판자벽에	板壁に
참마	とろいも
노란 덩굴	黄つる
얽히고	からまりて

직박구리	ひよ鳥
우는	鳴く
소리	声

늦가을에	晩秋に
작은	小さき
무화과	無花果の
열매	実

비행기 구름	飛行機雲
한 줄기	一すじ
가을 하늘	秋空に
가르며	切れ込み
사라져 가네	消えゆく

그대와	君と
이야기 나누는	語りをる
시간 쌓여	時重なりて
무한이 되네	無限となる

외면은	外面は
신이 부여한 것	神が与えしもの
내면은	内面は
더욱	さらに
신과	神に
이어져 가는 것	つながりゆくもの

물으면	問えば
되물어 오는	問い返し来る
그대의 시선	君が視線

그대 오니	君来れば
시간 나타나네	時現れる

6장 봉선화
6章 鳳仙花

낙엽	落ち葉
늘어나네	多くなりゆく
나는 걷네	我歩く
길답게	道らしく

낙엽	落ち葉
내가	わが
걸어 가는	歩きゆき
이정표	道しるべ

어제	昨日
그대와	君と
씨 뿌리고	種まきし
오늘	今日
고요한	静かなる
무사시노의 비	武蔵野の雨

고요히	しめやかに
무사시노의	武蔵野の
비	雨
무사시노의 흙	武蔵野の土

고향의	古里の
솔바람 우는	松風鳴る
나무열매	木の実
떨어지네	散りをり

찌르레기	椋鳥
어디선가	いづこより
물어 온	啄み来たる

식나무 열매	青木の実
어리고	幼く
작은데	小さきに
낙엽	落葉
떨어져 덮이네	散りかかる

경비행기	軽飛行機
순간	一瞬
그림자 가르고	影よぎり
떠나가는	去りゆく
소리	音

신호등	信号
건너는	渡る
그대	君
순간의	一瞬の
내 시선	我が視線
받아들이고	受け止めて
가네	ゆく

길가의	歩道の
코스모스	コスモス
인기척에	人の気配
흔들리네	揺る

샹송의	シャンソンの
아코디언	アコーディオン
코스모스 꽃	コスモス花
흔들고	揺らし
가네	ゆく

가을바람	秋風
브론즈	ブロンズの
소녀	少女

빈 깡통	空きカン
내 앞에	わが前に
굴러	ころがり
와	来て
멈추었네	定まりぬ

어느샌가	何時しか
떠들썩한	賑わいの
내 옆	わがかたわらの
자리	席

삶의	生の
순간의	一瞬の
영원성에	永遠性に
사네	生きる

파도 잔잔한	波静かなる
물가의	水際
작은 조개	小さき貝
어슴푸레한	かそけき
물고기 그림자	魚影

파도 밀려 오는	波寄する
물가	水際
물떼새	千鳥
발자국	あしあと
달리네	走る
빛	光
닿아 오는	及び来る
발 밑에	足元に
파도 부서져	波くだけ
가네	ゆく
바닷새	海鳥の
정지한	静止したる
채로	ままに
날고 있네	飛び居たる
밀물 차	潮満ち
오르니	上げくれば
돌아갈 길	帰る道
어딘가	いづれかと
생각하네	思う

갈매기 날고	カモメ飛び
물소리	水音の
지금도 나네	今もする

그대와 나의	君と僕の
시간	時
영원하리	永遠なり

내 앞	わが前
빠져 나가	すり抜けて
수세미외	ヘチマ
꽃 피네	咲く

박꽃	夕顔
이웃집에서	隣りより
뻗어 와	伸び来たり
피네	咲く

이웃집	隣り
창가	窓辺
불 꺼지고	灯消えて

시간	時
새기는 소리	刻む音
벌레	虫
우는 소리	鳴く音

내 쓸쓸함 그대로	わが淋しさのままに
가을바람	秋の風

새소리	鳥の声
그대와 나의	君と僕の
위치	位置

그때마다	その都度
새로운	新しき
시간	時
겹쳐 쌓이기	積み重なりて
시작하네	来る

시간	時
끝나지 아니하고	終わることなく
박새	四十雀
또 오네	またくる
그때마다	その都度
시간 나타나	時現れて
무한이 되네	無限となる
끊임 없이	絶えず
영원 속에	永遠の中に
한결같이	ひたすらに
있네	居る
물푸레꽃 향기	木犀の香
작은	小さき
꽃들의	花々の
영원	永遠

말라바시금치	蔓むらさきの
덩굴	つる
자줏빛의	紫の
만생감귤	晩柑の
향기 맡으니	香りかげば
감귤꽃	ミカン花
향기 나네	香る
말라바시금치	つる紫の
꽃봉오리	花蕾
작고	小さき
연자줏빛의	薄むらさきの
말라바시금치	つる紫
뻗어 오른	伸び上がりたる
끝자락의	先の
늦가을	晩秋

한 줄기 조릿대	一筋の篠竹
한 덩굴	一蔓の
나팔꽃	朝顔
나팔꽃 덩굴	朝顔のつる
조릿대 끝	篠竹のはて
뻗어 오르네	伸び上がる
궁리하는	思案する
나팔꽃 덩굴	朝顔のつる
끝자락	先
새로운	新しき
물	水
포트에	ポットに
부어가는	注しゆく
그대	君
무엇을 위한	何の為の
삶인가	生

모순 속을	矛盾を
사네	生きる
슬퍼도	悲しくも
나아가네	進む
그 때문의	その為の
불행	不幸
먼 길	遠き道
과거와	過去と
예감	予感と
슬프면	悲しければ
슬플수록	悲しい程
보이기 시작하네	見え来る
떠오르는 것	浮かび来るもの

보이기 시작한 쪽으로	見え来る方に
가네	行く

존재의 바닥	存在の底
보이기 시작하네	見え来る

신의 의도	神の意図
있어	ありて
또 찾아	また求め
나아가네	ゆく

나	我
샘솟는	湧き出づる
것	もの

잠에서	眠りより
깨어나니	覚むれば
나	我
또	また
살아 있네	生きてをり

깨어나니	覚むれば
또	また
살아 가네	生きゆく

인생	人生
목적이 없어진	無目的となりぬ
푸른하늘	青空
달 뜨네	月浮かぶ

푸른 하늘	青空
푸른빛	青
무한의 저편	無限の彼方
가리키네	指す

7장 무화과
7章 無花果

이즈(伊豆)의 바다	伊豆の海
따스한	暖かき
산간에	山間に
들어오니 보이네	入りて見ゆ

꽃조개에	桜貝に
물떼새	千鳥
발자국	足あと

장대한	大いなる
바다의 환희	海の歡喜
물빛 눈부신 바다	光眩しき海
구분없이	区別なく
끝없는	果てしなく
시간의 저편	時の彼方

여름귤 따는	夏みかんもぐ
이즈의 마을	伊豆の里
두 개 이상은	二つよりは
욕심이라 하는	取り過ぎと
그대	君

푸른 바닷물   青き潮
넘쳐 흐르는   満ちあふる
고요한   静かなる
따개비   富士壺の
위   上

바닷새   海鳥
다가왔다가   寄り来たりて
떠나네   去る

오른쪽 뱃전   右舷
물빛 눈부신   光眩しき
바다   海

난바다에   沖合に
배 두쌍   舟二双
희미하게   かすか
흔들리고 있네   揺れいる
석양   夕陽
눈부신   眩しき
시간의 저편   時の彼方

나 떠난 집	我去りし家
부용꽃	芙蓉
피었네	咲きをり
원래로	元に
돌아가는 것은	戻ることは
불가능하다 생각하네	出来ないと思う
석산화	彼岸花
피고 지어	咲き散り
푸른 싹	青き芽
돋아나네	出づ
구근 심는 나	球根植える我
떠난 집	去りし家
멀어지고 말았네	遠くなりにけり
늦가을 모든 것이	晩秋すべて
시들어가는 소리	枯れゆくものゝ音

새 그림자	鳥影
순간	一瞬
떨어지네	落つ

거센바람이라 해도	嵐と言うも
이 세상의 것	この世のもの

떨어져 깔리는	散り敷く
낙엽 모양	落ち葉模様
인생	人生
파란(波乱)의 아름다움	波乱の美
눈에 비치고	目に映り
마음에 물드네	心に染みる

연기	けむり
한줄기로	一すじに
피어 올라	立ちのぼり
가네	ゆく

그대 떠나고	君去りて
적십자	赤十字
늦가을 낙엽	晩秋の落葉
떨어지네	散りけり

낙엽	落ち葉
떨어져 깔리고	散り敷きて
사프란	サフラン
피네	咲く

라벤더	ラベンダー
꽃봉오리	花蕾
연자줏빛	うす紫の
와인잔	ワインカップの
속에	中に

사프란	サフランの
꽃술 붉은	しべ赤き
끝자락	先
노란	黄の
꽃가루	花粉

한줄기	一すじ
빛나는	光る
가을	秋
거미줄	蜘蛛の糸

공허한	空しき
물 마시는	水飲む
잔 바닥	グラスの底
흔들리네	揺る

부랑자의	浮浪者の
단란(団欒)	団らん
가을의 황혼	秋の黄昏

인간의 나약함	人間の弱さ
투명하고 맑은	透き通る
부랑자의	浮浪者の
기타 연주	ギター弾き

보소(房総)의 바다	房総の海
평온하고	穏やかに
산에서는	山
매미소리 소나기처럼	蝉しぐれ
지나가네	ゆく

그대의	君が
모자	帽子
내 무릎 위	わが膝の上
갈색 리본	茶のリボン
늘어뜨리고	長くして

바다역 근처	海駅近く
노란 칸나	黄のカンナ
무리지어 피네	群れ咲きて

그대	君
모자	帽子
갈색 리본	茶のリボン
글쓰는	もの書く
소녀	少女

푸른 바다로	青き海へ
방파제	防波堤
앞쪽 끝	先端

여행가방	旅のカバン
둘	二つ
나란히 있네	並びいて

처음 본	はじめての
애매미	つくつく法師
여행지 숙소	旅の宿

그대	君
하얀 살결	白き肌
배 깎는 손	梨むく手

여행지 숙소	旅の宿
협죽도	夾竹桃の
피네	咲く

노지마자키(野島崎)	野島崎
바다	海
신의 증표	神の印
등대의 불빛	灯台の灯
십자가 그리스도의	十字架のキリストの
사랑의 증표	愛の印

온주쿠(御宿) 숙소	御宿の宿
잠든 그대 숨결	寝息
녹아드는 사이	溶け入る間
바닷새 우네	海鳥の鳴く

바다 우는 소리	海鳴しつゝ
하룻밤의	一晩の
달의 사막	月の砂漠

아침 시장에서	朝市より
돌아오니	戻る
여행지 숙소	旅の宿
솔개 우네	トンビ鳴く

뇌우	雷雨に
들이쳐	降り込められて
바다의 집	海の家
후르츠 다과와	フルーツみつ豆と
커피	コーヒーと
이야기 나누네	語り合う

온천수 샘솟는 소리	湯湧く音
바람 소리	風の音

온천탕 바닥에도	湯の底も
고독한	孤独なる
그림자	影

온천탕 바닥에	湯の底に
잠수해도	潜るも
내 그림자 하나	我が影一つ

오월	五月
잎 사이로 비친 햇빛	木洩れ日の
무사시노	武蔵野の
바람 불며 건너가네	風吹き渡りゆく

망설이며	迷いつつ
되돌아와	たちかえり
또 망설이며	また迷い
되돌아가네	立ちかえる

회한의	悔恨の
주마등의	走馬灯の
창가	窓辺

과거	過去
과거가	過去と
되지 못해	なりゆかず
나 멈춰 서네	我佇む

아사카와(浅川) 강	浅川の
물가	水際
멀리	遠く
끊겨 가는	絶えゆく
슬픔	悲し
그 옛날	かの昔
아내와	妻と
놀던	遊びし

프리지어의   フリージャの

흰색   白

헤어진   別れし

아내가   妻の

좋아하던   好みし

산중턱에   山腹に

피고   咲き

지고   散り

싹트는   萌えゆく

백목련꽃   こぶし花

쓸쓸한   淋しさの

초승달   三日月

별과   星と

서로 의지하네   支え合う

8장 구기자 열매
8章 枸杞の実

유자	柚子
올해	今年
마지막	最後の
때	時
향기나네	香る

연말에	年の瀬に
백목련	こぶし
꽃봉오리	花苔

양옥란	泰山木の
상큼한 향기는	芳香は
기와지붕 넘어	屋根瓦超え
푸른 하늘 속	青空の中

순간	一瞬
새그림자 가로지르는	鳥影よぎる
아침 창문	朝の窓
올려다보니	見上げれば
흐리고 젖은	曇り濡れる
이슬길	露の道
몇 갈래	幾すじ

오늘 내리는 비	今日降る雨
떡갈나무 잎	樫の葉の
내 회한의	わが悔恨の
차디찬 물방울	冷たき雫

운명의	運命の
빗방울	雨雫
떡갈나무 잎에서	樫の葉より
떨어지네	落つ

떡갈나무 잎	樫の葉
떡갈나무 잎의 물방울	樫の葉の雫
떨리네	揺る

떡갈나무 잎	樫の葉の
물방울 그쳐	雫やみ
맑아진	清められたる
고요함	静けさ

인생의 기로	人生の岐路
얻는 것과	得るものと
잃는 것	失うものと
골짜기	谷間
흘러가네	流れゆく

머나먼 길	遠き道
우회하고	迂回し
교차하여	交叉し
회귀하네	回帰する

파란불	青信号
깜빡이고	点滅し
또 빨간불	また赤

붐비는	雑踏の
카페	カフェ
내가	私が
잘못했어	悪いの
미안해	ゴメンネ
문득 들려오는	ふと聞こゆ
그 말	その言葉
내게 남았네	我に残りぬ

누군가	誰か
잊고 간	忘れゆきし
전화카드	テレホンカード
그림은	絵柄は
호접란	コチョウラン

견인차에	レッカー
끌려가는	移動されゆく
자동차	車
운명의 무력함	運命の無力
슬픔이여	悲しさよ

내 운명과	わが運命と
필연	必然
지금	今
때가 차	時満ちて
석류꽃 피네	ざくろ花咲く

내 운명의	わが運命の
장맛비	つゆの雨
석류꽃	ざくろ花
맞고 있네	受く

바람 불어	風吹いて
역시	やはり
비 내리네	雨降る
석산화	彼岸花
피어	咲き
흘러오는	流れ来る
물소리	水音
이삭여뀌	水引草
피네	咲く
물	水
흘러가는 소리	流れゆく音
시간 떠나가는	時去りゆく
소리	音
그저	ただ
한순간인	一瞬の
지금	今

단풍철쭉의	満天星の
은은한	ほのか
꽃향기 나는	花香る
그대	君

그대 손	君が手
어린 손가락으로	指幼きままに
파슬리	パセリ
썰고 있네	刻む

물푸레꽃	金木犀
향기 나는	香る
영원	永遠

영원과	永遠に
닿는	触れる
순간	瞬間

영원의	永遠の
지금	今

도달점	到達点
지금	今
이미	すでに
영원	永遠

내 시야	わが視界
성장하여	生い育ち
흔들리는	揺るゝ
모든 것	全て
신의 성령	神の聖霊

벚꽃 지는	桜散る
그 꽃잎 하나	その一ひらの
순간의	一瞬の
시간	時

이루마(入間川) 강	入間川
쓸쓸한	わびしき
나의 과거	わが過去
지금	今
물 없이	水なき
흐르고 있네	流れをり

푸른 하늘에	青空に
흔들리는	揺る
으름덩굴꽃	木通花
그립네	懐かし
내 회한의	わが悔恨の
가슴에	胸に

어젯밤	昨夜
슬픈 시간	悲しき時間
겨울의 별	冬の星
반짝이며	またゝきて
지나갔네	過ぎにけり

크리스마스 등불	クリスマスの灯
그대로	そのままに
깜박이는	明滅する
창문	ウィンドー
나처럼	わがごとき
쓸쓸하네	淋しさの

크리스마스   クリスマスの
등불   灯
조금   わずか
남은   残りたる
단풍과   紅葉と

지금의   今の
나에겐   我には
그저 슬픔의   ただ悲しみの
크리스마스 등불   クリスマスの灯
깜박이네   明滅

부재중 알림   留守ランプ
그대로   そのままに
고요해   静まりて
졌네   あり

인생의   人生の
열쇠   鍵
잠기는   閉まる
소리   音

사람 돌아오는	人帰り来る
소리	音
옆집	隣りの
형광등	蛍光灯
희미하게	かすか
흔들리는 방	揺れいる
나홀로	一人
좁은	狭き
문틈 사이로	ドアの隙間より
밖에 또 등불 있네	外にまた灯ありて
무사시노의	武蔵野の
샛길	小道
내가 걷는	我歩む
걸은 길	歩みし道
구기자 열매	枸杞の実
조금	わずか
남았네	残りし

지난밤까지의　　　　昨夜までの
고뇌　　　　　　　　苦悩
앞지르고자　　　　　追い越さんと
오늘 아침　　　　　　今朝の
달리네　　　　　　　ランニング

쓰러져　　　　　　　たおれ
엎드린　　　　　　　伏す
무꽃　　　　　　　　大根花
그곳에서　　　　　　そこより
일어나네　　　　　　立つ

인생의　　　　　　　人生の
사색　　　　　　　　思索
새로　　　　　　　　新た
잎새 돋는 벚나무 길　葉桜の道

무사시노의	武蔵野の
추억의 좁은 샛길	思い出の細き小道
올라와	登り来て
돌아보니	ふり返り見れば
내 허무한 과거	わが空しき過去
지는 해	落日
피처럼 구름에 녹아	血のごとく雲にとけ
저녁 연기 길게 뻗어 있네	夕の煙たなびきてをり

멀리서 울리는 천둥소리	遠雷や
그대 있는 근처	君いるあたり
더듬어 가네	辿りゆく

큰별	大き星
하나	一つ
또 하나	また一つ
빛나며	輝きて
그대	君
지켜주고 있네	守られてをり

그대 이마	君が額
어린	幼き
희미하게 하얀	仄白き
간호사 모자	ナースキャップ
적십자의	赤十字の

9장 잔영
9章 殘影

남아 있는	残りたる
석류열매	ざくろ実
하나	一つ
떨어져 갈	落ちゆく
때	時
놓치고	失いて

무화과잎	無花果の葉
흔드는	揺らす
바람	風の
소리	音
내 운명의	わが運命の
희미한	かそけき
늦가을	晩秋

그대	君
떠난 후	去りてのち
빈 가슴으로	ポッカリと
잠에서 깨네	目覚む

사프란 지고	サフラン散り
사프란	サフラン
뻗어가네	伸びゆく

크로커스	クロッカス
싹	芽
나오네	出づる
사프란	サフランの
다음	のち

빗방울	雨雫
물방울의	水玉の
고리가 되어	輪となりて
사라져 가네	消えゆく

전철	電車
하행선 달리고	下りゆく
참억새 이삭	すすき穂
흔들리네	揺る

오늘 아침은	今朝は
직박구리	ひよ鳥
날며 우네	飛びつ鳴くなる
울음소리 띄엄띄엄	鳴き声飛び飛びに
흩어져 가네	散りゆきて

무사시노의	武蔵野の
직박구리	ひよ鳥
우는	鳴く
나무그늘	木陰
그대 사는 곳	君が住まい
찾아가네	探しゆく

그대와	君と
이야기 나눈	語りし
석양	西日
한껏	一杯に
기울어	傾きて

석양	西日
기울고	傾き
덤불 속 휘파람새	薮鶯の
우네	鳴く

한 방울	一雫
그때마다의	その都度の
한 순간의	一瞬の
영원	永遠

한 방울	一雫
쓰고	苦き
떫고	渋き
희미한	かすかなる
단맛	甘味

물방울	雫
받아들이며	受け止めて
사네	生く

푸른 하늘	青空
높고	高く
멧새 지저귀는	頬白さえずる
산딸나무	花水木
열매	実
붉어	赤く

벚꽃 피는	桜咲く
플랫폼	ホーム
끝까지	果てまで
걸어가네	歩きゆく

내 생명	わが命
힘겨운	脆き
숨 내쉬니	息吐けば
내 과거와	我が過去と
무너져 내리려 하네	崩れ落ちんとす

오늘	今日
비바람	風雨
새 잎 돋은 벚나무	葉桜の
길	道

새 잎 돋은 벚나무 길	葉桜の道
바람 불고	風吹いて
비 내리네	雨降る

벚꽃 피는	咲く
플랫폼	ホーム
전철	電車
하행선 달렸네	下りにけり

겨울의 창	冬の窓
고향의 호수	古里の湖
구름 사이로	雲の間に
아련하게	あわく
지나가네	ゆく

구근	球根の
싹	芽
트니	出づるに
때까치	百舌鳥
우네	鳴く

순간	一瞬
그림자 가르고	影よぎり
경비행기	軽飛行機の
소리	音
사라져 가	消え去りて
과거	過去
과거가 되어	過去となり
가네	ゆく
흐린	曇りたる
머나먼 하늘에서	遠き空より
눈	雪
내려	舞い降りて
나를 감싸네	我包む
가루눈과	粉雪と
함박눈	ボタン雪と
함께	共に
내리네	降る

눈발	雪の粒
희미하게	かすか
날리는	舞う
눈 개인	雪晴れの
하늘	空

떡갈나무 잎에서	樫の葉より
떨어지는 눈 녹은 물방울	落つ雪雫
내 운명의	わが運命の
차가운	冷たき
투명	透明

고운	細かき
입자	粒子
허공에 흩날리네	宙に舞う
눈을 감아도	目つむれど
더욱더	さらに
흩날리네	舞う

눈 끊임없이 내리는	雪降り頻る
이슬 맺힌 창문	露の窓

운명의 나　　　　　運命の我
눈 끊임없이　　　　雪降り頻り
내려 쌓이네　　　　降り積もる

텔레비전 안테나　　アンテナ
눈과 함께　　　　　雪と
떨어져 내리려 하네　落ちかかる

눈 녹은 물방울　　　雪雫
투명한　　　　　　　透明の
떨어지는　　　　　　落つ
리듬　　　　　　　　リズム

눈 녹아　　　　　　雪溶け
물방울　　　　　　　雫
떨어지는　　　　　　落つ
속도　　　　　　　　速さ

눈	雪
고요해지고	静まりて
새 그림자	鳥影
낮게	低く
나네	飛ぶ

올려다 보니	見上げれば
밤에도	夜も
구름	雲
줄지어	連なりて
가네	ゆく

새끼손가락	指切り
마주 걸고	交わし
잠드는	眠る
밤	夜
눈 내려	雪降り
쌓이네	積む

10장 물방울
10章 雫

그	かの
우듬지	梢
하늘	空
지금도 있어	今もあり
무사시노의	武蔵野の
샛길	小道
나 더듬어 가는	我辿る
더듬어 온 길	辿りし道

사당나무	祠木の
은행	銀杏
떨어지는	散るなり
무사시노의	武蔵野の
길	道

무사시노의	武蔵野の
그리운 길	懐かしき道
더듬어 가니	辿りゆけば
으름덩굴	木通
다섯 잎	五つ葉の
지지 않았고	散りやらず
구기자 열매	枸杞の実
조금	わずか
남아 있네	残りし

무사시노	武蔵野の
우듬지	梢
높은 느티나무	高槻の
올려다 보니	見上げれば
겨울 하늘	冬の空
희미한	淡き
달빛	半月
흰	白き
걸려 있네	掛かりをり

내 고향	わが古里
나무딸기	木いちごの
아직 파랗고	まだ青き
노란	黄色き
열매	実の
가지 낭창낭창하게	枝しなやかに
맑은 물 샘솟는	清水湧く
어슴푸레한	仄暗き
나뭇잎 그늘	葉陰
지금도	今も
고요하게	静かに
물 샘솟네	水湧き出づる

무심코	思わず
딱다구리 소리	啄木鳥の声
발 멈추고	足止め
올려다 보니	見上げれば
우듬지 높은 푸른 하늘	梢高き青空
이른 봄의 구름	早春の雲
빠르게	はや
흘러가네	流れゆく

따스한	暖かき
빛과 함께	光と共に
아마릴리스	アマリリス

갑자기	急に
맑게 개는	晴れる
겨울 하늘	冬の空
봄	春
예감	予感

차창	車窓
멀리 등불	遠き灯
떠나가네	移りゆく

옛날	昔
아내와 본	妻と見し
강	川
문득	ふと
떠오르고	浮かび
흘러가네	流れゆく

저녁	ゆうべ
괴로운 시간	苦しき時
되돌아갈 수	戻ることの
없는	出来ぬ
강	川
흐르고 있네	流れをり

원래로는	元には
돌아갈 수 없는 것	戻れぬもの
우회하는 것	迂回するもの
교차하는 것	交叉するもの
회귀하는 것	回帰するもの
새로운 것	新たなるもの
가늠하는 것	計らうもの
죄의	罪の
슬픔의	悲しみの
그림자 있는 것	影あるもの
운명이라 하는 것	運命と言うもの

153

내가	我
본 것	見しもの
눈에 들어온	見えし
것	もの
보이기 시작하는 것	見え来るもの
보네	見る
내	我が
생명 있는 곳	命あるところ
빛이 닿기	光とどき
시작하네	来る
생명 있어	命あり
빛	光
오네	来る
보이기 시작하는 것	見え来るもの
보는	見る
떠나가는	去りゆく
나	我

154

사는 것	生きること
보는 것	見ること
떠나가는 것	去りゆくこと

히아신스	風信子
꽃봉오리	蕾
덧없는	はかなき
꽃 그림자	花影
모르네	知らず

석양 받는	西日受く
수선화	水仙
꽃술	花芯
노랗고	黄
따스하고	暖かく
고요하게	静まりて

비스듬히	斜向きに
피는	咲く
수선화	水仙
꽃	花
희미하네	かすか

수선화	水仙
한 송이	一輪
먼저	さきに
사라져	絶え
가려 하네	ゆかんとす

수선화	水仙
꽃	花
희미하게	かすか
사라져 가네	絶えゆく
꽃술	花芯
노란색	黄
조금	僅か
남았네	残りつ

인파	雑踏
모두	誰も
나에게 위안인	我に慰めの

한 때의	一時の
열기	盛り上がり
사라지네	去る

156

죄의 흔적	罪のあと
눈 끊임없이 내려	雪降り頻り
쌓이네	降り積む

산초 열매	山椒実の
한 알도	一つぶも
아름다운	美しき
그대의 정원	君が庭

돌아가는 길	帰る道
마음에 남아	心に残り
피는	咲く
치자나무	くちなし
겹꽃	八重花

역의 둑	駅の土手
풀 베는	草刈る
향	香
차 안에도	車内にも

모밀잣밤나무 꽃	椎の花
떨어지는 길	散る歩道
문득	ふと
떠오른 내 고향	わが故郷

11장 모시풀 들판
11章 苧種子野

두 그루 히말라야삼나무
곧게 솟아
그곳만은
삼림
분위기 나
올려다 보니
그 우듬지 흔들리는 끝
역시 삼림의
푸른 하늘과
구름

二本のヒマラヤ杉
真直に立ち上がり
そこのみは
森林の
漂い
見上げれば
その梢揺らぐ果て
やはり森林の
青空と
雲

운명의 파도
흘러가는 대로

運命の波
流れゆくまゝに

무사시노의
나무 그늘
동백꽃 지는 곳
벚꽃 지는 곳
걸었네

武蔵野の
木陰
椿散るところ
桜散るところと
歩きにけり

날갯소리	羽音
가르며	よぎり
박새	四十雀
우네	鳴く

봄 하늘	春の空
하얀	白き
달	月
구름에서	雲より
빠져 있네	抜けてあり

헤어진	別れし
아내의	妻の
생일	誕生日
오늘	今日
문득 생각나네	ふと思う
망각하여	忘れ去り
떠나지 않고	去らず
달	月
비스듬히	斜め
이지러져	欠け
떠 있고	掛かり

아카시아   ハリエンジュ
피는   咲く
물 흘러 가는 길   水流れゆく道
아내와 걸은   妻と歩きし

급류   急流
쏟아져 내리고   落ちゆける
나무딸기   木いちご
땄네   摘めり

강여울   川瀬
부서져 가네   砕けゆく

쐐기풀   水菜
땄던 연못   採りし沢
맑은 물만   清き水のみ
흘러 가네   流れゆく

사람 떠나고   人去りて
나팔나리꽃과   鉄砲百合と
나   我

나팔나리꽃	鉄砲百合
나 떠나는	我去る
지금도	今も

오동나무꽃	桐の花
보랏빛 연한	紫淡き
내 근심	わが愁い
오월 바람에	五月の風に
향기롭게 피어나네	咲き香る
드높은 푸른 하늘	高き青空
흰 구름 아래	白き雲の下

옹굿나물	姫紫苑
가난풀이라	貧乏草と
이름 지어진	名づけられし

옹굿나물	姫紫苑
멈춰 있는	止まりたる
나비와	蝶と
흔들려 휘어지네	揺れたわむ

나비	蝶
펄럭이며	翻えり
날아가네	ゆく

갑자기	急に
흐려지는	曇る
하늘	空
봄 구름	春の雲

봄 구름	春の雲
봄비	春の雨
내리네	降る

흐렸다	曇り
맑게 개는	晴るゝ
하늘	空
봄 구름	春の雲
가네	ゆく

봄 구름	春の雲
창문	窓
빠져	くぐり
나가네	ゆく

순간	一瞬
새 그림자 지나가	鳥影よぎり
올려다 보니	見上げれば
아침 창	朝の窓
김 서린	曇り
이슬길	露の道

잠자리에 누운	床にふす
나	我
보고 있는	見ている
형광등	蛍光灯
어린 시절	幼き頃の
그대로	まゝ

오늘밤	今宵
무사시노의	武蔵野の
보름달	満月
한점 구름 없고	一点の曇りなき
내려 서니	下りたてば
등뼈인	背骨の
조선	朝鮮
다시	再び
불 켜지며	火灯り
무사시노	武蔵野
모시풀 들판이	苧種子野と
되네	なる

넓은 대지	広き大地
제단에	祭壇に
제사드리는 나	仕える我
무사시노에 오르는	武蔵野に立つ
모시풀 들판의 연기	苧種子野の煙
멀리	遠く
뻗어가네	たなびく

166

나	われ
꿰뚫고	貫きて
불	火
고요한	静かなる
모시풀 들판	苧種子野

내 조선	わが朝鮮
내 안의	わが内なる
주마등	走馬灯
지금 다시	今再び
모시풀 들판	苧種子野
멀리	遠く
가까이	近く
내 안에	我が内に
돌고 돌며	めぐり
사네	生く

나	我
더듬어 가는	辿る
더듬어 온 길	辿りし道
무사시노의	武蔵野の
모시풀 들판	苧種子野

봄	春
무사시노의	武蔵野の
흙	土
나 밟는	我踏む
발바닥에	足裏に
부드러운	優しき
모시풀 들판	苧種子野
밟혀 온	踏まれし
흙	土

모시풀 들판의	苧種子野の
보름달	満月
낮고	低く
크게	大きく
불 색깔	火の色
띠고	帯びて
또다시	また
흐릿하게	幽か
이지러져 가네	欠けてゆく

모시풀 들판의	苧種子野の
크로커스	クロッカス
꽃봉오리	花莟
보랏빛	紫の
지금	今
나를 위해	我に
피네	咲く

크로커스	クロッカス
꽃봉오리	花莟
보랏빛의	紫の
고귀한	高貴なる
얇은	薄き
꽃줄기	花茎
희미한	幽かなる
모시풀 들판	苧種子野

크로커스	クロッカス
꽃	花
보랏빛	紫
진하고	濃く
엷게	淡く
맑아지는	澄みゆく
모시풀 들판	苧種子野

무사시노의	武蔵野の
봄	春
졸참나무 우듬지	楢こずえ
엷고	淡く
진하게	濃く
다급히 흔들리네	急ぎ揺る
박새	四十雀
봄	春
부르는 소리	呼ぶ声
찌삐찌삐	ツィーピツイピ
찌삐 울고	ツィーピと
나	我
무사시노에서	武蔵野に
듣네	聞く
또	また
무사시노에	武蔵野に
눈 내리네	雪降る
멀리	遠く
가까이	近く
봄의	春の
가랑눈	淡雪

창문의   窓の
서린 김   曇り
동그라미   まるく
그려 보는   描き見る
봄의   春の
가랑눈   淡雪

히아신스   風信子
꽃봉오리   花蕾
연보랏빛에   薄き紫に
가랑눈   淡き雪
내리네   降る

히아신스   風信子
피는   咲く
무사시노의   武蔵野の
낙엽   落葉
고요히   静かに

히아신스   風信子
한 송이 꽃   一花の
그림자   影
어슴푸레하네   仄か

수선화	水仙
평온히	伸びやかに
이른 봄	春浅き
무사시노의	武蔵野の
흙	土

칼라꽃	カラー
하얀	白き
꽃	花
하늘 향해	天に向けて
피네	咲く

12장 회귀
12章 回帰

크로커스	クロッカス
보랏빛	紫の
꽃	花
꽃술 노란	蕊黄
선명하게	鮮やかに
깊숙한	奥深き
흰색	白
희미한	幽かなる

아마릴리스	アマリリス
진홍	深紅
그림자 깊은	影深き

돗포(独歩)[1]를	独歩を
다시 읽으니	再び見れば
역시	やはり
괴롭고	苦しく
슬프다	悲しいと
생각하네	思う
무사시노라	武蔵野と
하면	言えば
역시	やはり
돗포를	独歩を
내 고향을	わが古里を
소년 시절을	少年の頃を
생각하네	思う

봄 시작되는	春浅き
무사시노의	武蔵野の
물그림자	水影
희미하게	幽か
흔들리네	揺るゝ
멀리	遠く
가까이	近く
빛나며 흘러	光り流れ
오네	来る

사쿠라바시 다리	さくらばし
무사시노의	武蔵野の
맑은 물	清き水
조금	わずか
채워진 곳에	たたうるに
물고기 그림자	魚影
하나	一つ
고요히	静か
떠돌고	漂いて
있네	あり

삶의	生の
새로운	新しき
전개	展開
그것은	それは
뜻밖의	不意の
생각지도 못한	思いがけない
만남에 의해	出会いによって
시작되는	始まる
그 갑작스러운	その突然の
운명과	運命と
무사시노	武蔵野

신은	神
어찌하여	何故
세계를	世界を
표현하나	表現する
나는	我
어찌하여	何故
세계에	世界に
그대 떠난	君去りし
적십자	赤十字
쓸쓸하네	淋しかり
홍매화	紅梅
백매화	白梅と
늘어져 피네	しだれ咲く
새 울며 건너고	鳥鳴き渡り
얼룩조릿대 잎새 무리	熊笹葉群
편백나무	桧葉
잎 사이로 비친 햇빛	木洩れ日

나의	この我の
성립과	成立と
존속의	存続の
여하를	いかにを
아는 것은	知ることは
신을	神を
아는 것과	知るのと
같을 만큼	同じ位
어려운	難しい
일이네	ことである

내 안에	我に
아버지 살아 계시고	父生き
어머니 불 밝히시네	母灯りをり
내 고향에	我が古里に
부모님 고향	父母の故郷
갈댓잎	葦の葉の
바람개비 돌고 있네	風車回りをり

내 조선	我が朝鮮
보지 못하고	見ることなく
끝나네	終わる

내 고향	我が古里の
산철쭉	山つつじ
보니	見れば
아버지 고향	父の故郷
경주의 산	慶州の山
철쭉 생각나네	つゝじ思う

봉선화	鳳仙花
줄기 뿌리 붉고	茎根赤く
잎새 비쳐	葉透け
꽃 그림자	花影
희미한	淡き
쓰러지면	倒れれば
그곳에 뿌리	そこに根
자라네	生う

봉선화	鳳仙花
비치어 가는	透けゆく
시간의	時の
저편	彼方

흔들리는   揺れる
노란 수선화   黄水仙
앳된   あどけなき

순간   一瞬
직박구리   ひよ鳥
날아 올라   飛び立ちて
진동   ゆれ
남네   のこる

헤매인   迷いし
길   道
백목련꽃   こぶし花
피네   咲く

살구꽃   杏花
봉오리 채   蒼のまゝに
빠져   こぼれ
떨어지네   落つ

보는 것	見ること

| 말하고 | 語り |
| 침묵하는 것 | 黙ること |

순간	一瞬
뚫고	突き破り
가는	ゆく
직박구리	ひよ鳥の
소리	声

봄하늘	春の空
희미한	淡き
파랑	青
멀리	遠く

지나온 길	来た道
그립네	懐かし
뒤돌아	振り返り
보니	見れば
무사시노	武蔵野
나무 사이 빛 속	木洩れ日の
길	道

조스이 물가	上水べり
황매화나무와	山吹と
나무딸기	木いちご
하얀 꽃	白き花
피었네	咲きにけり

나아가는 길	ゆく道
회귀하는	回帰する
길	道

때죽나무 꽃	えごの花
오월 바람에	五月の風に
지며 깔리는	散り敷く
무사시노의	武蔵野の
나무 그늘	木陰
나 걸어가는 길	我歩きゆく道
산비둘기 한 마리	雉鳩の一羽
조용히	静かに
나를 이끌어	我を導きて
갔네	ゆけり

삶은	生は
지금 이미	今すでに
영원하다	永遠である
그 의미를	その意味を
깊게 할지언정	深めこそすれ
그것을	それを
뒤집는	くつがえす
것은	ことは
불가능하네	出来ない

선악의 저편	善悪の彼岸
물푸레꽃	金木犀
향기 풍겨오네	香り来る

언제나	いつも
멈춰 서는 강가	佇む川辺
물 없는 바닥	水なき底
내 그림자	わが影
찍혀 있네	写りをり

나	われ
굽히는 곳	折るゝところ
아지랑이	靄

아지랑이의	靄の
끝	先

그 끝의	その先の
빛	光

언제나	いつも
멈춰 서는 곳	佇む所
지금	今
백목련꽃	こぶし花
피네	咲く

마른 풀 속	枯草の中
살구꽃	杏花
피었네	咲けり

무사시노	武蔵野の
불현듯	思わず
보리밭	麦畑の
펼쳐지고	広がり
이삭무리	穂群
바람에	風に
물결치며	波打ち
흔들리고	揺るゝ
내 눈	我が目
내 마음	わが心
함께 흔들리네	共に揺る

빛	光
닿기 시작하는	届き来る
내 생명	わが命
있는 곳	あるところ

그대	君
돌아 오는	帰り来る
발소리	足音
내 가슴의 고동소리	我が鼓動

13장 꽃 그림자
13章 花の影

책에	書に
눈길 주고	目を落とし
있자니	居ると
새 그림자	鳥影
순간	一瞬
스쳐가네	よぎる
눈을 들어	目を上げ
그 그림자	その影
쫓았으나	追えど
그 그림자	その影
다시	再び
보이지 않네	見えず
랑게[2)]의	ランゲ
꽃노래	花の歌
꽃 그림자	花の影
영원한 것의	永遠なるものゝ
그림자	影

백매화 한 송이	白梅一輪
늘어진 채	しだるゝまゝに
나와 닿아	我に触れ
흔들리네	揺る
벚꽃	桜
흩날리네	吹雪く
내	わが
발밑에	足元に
벚꽃잎	桜花びら
소용돌이치며	うずまき
나란히	そろいて
달리네	走る
벚나무잎에	桜葉に
매미	蝉
거꾸로	さかさまに
멈춰 있는	止まりいる
여름날 오후	夏の午後

갈등의　　　　　　　葛藤の
칡　　　　　　　　　葛
꽃 그림자　　　　　花影
고요한　　　　　　　静かなる

어젯밤　　　　　　　昨夜の
거센 바람　　　　　嵐
오늘 아침　　　　　今朝
색병꽃나무　　　　　源平うつぎ
졌네　　　　　　　　散りをり

하얀 분꽃　　　　　白粉花
피고　　　　　　　　咲き
시든 아침　　　　　しぼみし朝
나　　　　　　　　　我
잠에서 깼네　　　　目覚めり

동백꽃 봉오리	椿荅
아직 단단한	まだ堅き
한해의 끝	暮れに
향해	向けて
나	我
아직	なお
살아 있네	生きてをり

그 옛날	かの昔
봄날의 거센바람에	春嵐に
살구꽃	杏花
봉오리 채로	荅のまゝに
떨어져 지고	こぼれ散り
동백꽃	椿花
격렬하게	激しく
흔들리는 날	揺るゝ日
있었네	ありし

봄의 거센 바람	春の嵐
격렬하니	激しければ
내 회한의	わが悔いの
소리와도 같네	音にも似たり

후회할 정도로	悔いる程に
내 영혼이	わが魂の
고요해지고	静まり
편안해지네	安まるなり

내	わが
발밑의	足元の
내 그림자	わが影
묻으며	埋ずみ
눈	雪
내리퍼붓네	降りしきる

제비	つばめ
날아 오르며	翻えり
정지하는	静止する
순간	一瞬

검은 나비	黒き蝶
날아 올라	翻えり
금방	ふと
사라졌네	消えぬ

내가　　　　　　　　　　　　我
본 것　　　　　　　　　　　見しもの
눈에 들어온 것　　　　　　見えしもの

신이　　　　　　　　　　　　神
나에게　　　　　　　　　　我に
보여준 것　　　　　　　　見せしもの

세계와　　　　　　　　　　世界と
내　　　　　　　　　　　　　我の
안에　　　　　　　　　　　なかに

천상에의　　　　　　　　天上への
그때마다　　　　　　　　その都度の
한점 한점의　　　　　　一点一点の
점과 선　　　　　　　　点と線

신과	神に
접해 가는	接しゆく
자기본래로부터	自己本来より
솟아 나오는	湧き出づる
말	言葉
시간은	時は
지나가고	過ぎ去り
끝이 나며	終りつつ
그때마다	その都度の
지금 한 순간 속에서	今一瞬のなかで
시간의 저편으로	時の彼方へと
나를	われを
인도하네	導く
내가 그것인 곳의	我がそれであるところの
자기본래인 곳의 존재가	自己本来であるところのものに
되네	なる
자기본래의 영원적 존재이어라	自己本来の永遠的存在であれ
라고 하네	と言う

죽음이여	死よ
피하기 힘들게	さけがたく
내 삶을 따라 오는	わが生にそい来る
캄캄한 어둠	暗き闇
빛이 존재하는 동안	光りあるうちに
내 삶을 보듬어	わが生を包み
영원한 존재로	永遠なるものへと
실어 가 주기를	運び去れよ

지금 이미	今すでに
내 무덤 위에	わが墓の上に
솔바람 울고	松風鳴り
맷새 지저귀며	頬白さえずり
나무 그늘 잡초에	下草に
도라지꽃	桔梗花
흔들리네	揺る

뜨거운 김	湯けむりの
구름 피어오르는	雲わきあがる
겨울나무숲	冬木立

뜨거운 김 속 나무숲   湯けむりの木立
붉은 뺨을 한   赤き頬の
새   鳥
멈춰 있네   止まりをり

뜨거운 김 오르는   湯けむり走る
노천탕 속 잔물결   湯さざなみ

뜨거운 김 속   湯けむりの
보름달   満月
무지개   虹
걸쳐 있네   架かりをり

가는 물인가   ゆく水か
오는 물인가   来る水か
여행지 숙소   旅の宿
나   我
잠든   眠る
동안에도   間も
쉼없이   休みなく
여울물   せせらぎ
흐르네   流る

196

다 오른	登りつめし
길	道
매화향 나는	梅香る
석불	石仏

올려다 보니	見上げれば
솔개	トンビ
구름에 섞여	雲にまじりて
나네	飛ぶ

높게	高く
낮게	低く
엇갈리는	行き交う
구름 있네	雲あり

기미가하마 해안	君ヶ浜
잃어버린 것	失われしもの
겹쳐져	積み重なりて
끝없이	果てなく
이어지고	続き
경계 없이	境なく
사라지네	消ゆる

등대	灯台
하얗게	白く
낭떠러지	断崖
바다에 떨어지네	海に落つ

바다	海
유달리	一きわ
푸른 곳	青きところ
갈매기	カモメ
무리지어 나네	群れとぶ

흐려지니	曇りたれば
갈매기	カモメ
구름 향해 나네	雲にとぶ

갈매기	カモメ
날개 접고	羽根たたみ
파도 사이	波間に
떠도네	漂う

마른풀만 남은   枯草のみの
바다   海の
언덕   丘

폐가에   廃屋に
덩굴도라지   つる桔梗
피네   咲く

떠내려온 나무   流木の
살결 미끈하게   肌すべらかに
바닷바람 부네   海風の吹く

떠내려온 나무 살결   流木の肌
하얗게   白く
앙상해져   さらばえて
쉬고 있네   休めり

떠내려온 나무 살결	流木の肌
하얗고	白く
미끈하게	すべらかに
앙상해져	さらばえて
바닷바람에	海風に
쉬고 있네	休めり
내	わが
발밑의	足元の
돌은	石は
풍화되어	風化して
시간을	時を
새기고 있네	刻めり
신이	神が
주신	与えし
시간	時
만을	のみを

기미가하마 해안   君ヶ浜

잃어버린 것   失われしもの

겹쳐져   積み重なりて

끝없이   果てなく

이어지는   続く

달맞이꽃   月見草

물마루 이는   波頭たつ

먼 바다   遠き海

소리도   音することも

없이   なく

아주 조금   わずかに

남는 모래   残る砂

희미한   かすかなる

발자국   足跡

아내와   妻と

걷고   歩き

헤어진   別れし

바다   海

빛나네   光る

문주란	浜ゆう
피네	咲く

문주란	浜ゆう
문주란	はまゆう
피네	咲く

문주란	浜ゆう
잊지 않고	忘れず
문주란	はまゆう
피네	咲く

무한한	無限の
깊이	奥ゆき
하늘을 보아도	天上見れど
발밑을 보아도	足元見れど
내 삶 속	わが生の奥
또 그 속을	またその奥
보아도	見れど

멀리	遠く
높은	高き
우듬지	梢
뻐꾹뻐꾹	カッコー
메아리치며	木霊して
사라져 가네	消えてゆく

자연의	自然の
무한한	無限の
속	奥

토란	里芋の
잎	葉
비스듬히	斜めなりに
이슬	露

이슬 한 방울	一露
토란 잎	里芋の葉
흔들며	揺り
떨어지네	落つ

토란	里芋の
잎	葉
흔드는	揺るゝ
이별	別れ

산비둘기	山鳩
한 마리	一羽
날며 떠나가네	とび去りゆく

카발레리아	カヴァレリア
루스티카나[3]	ルスチカーナ
들려오네	聞こえ来る

수련 피는	睡蓮咲く
수면에	水面に
비치는	映る
높은	高き
푸른 하늘과 구름	青空と雲

모든 것에	すべてのことに
슬퍼하는 목소리	悲しみの声
들리네	聞こゆ
하지만	されど
또 들어보니	また聞けば
모든 것에	すべてのことに
기뻐하는 목소리	喜びの声
들려오네	聞こえ来る
신은 나에게	神我に
모든 것을	すべてのことを
주셨네	与えけり
슬픔과	悲しみと
기쁨의 목소리를	喜びの声なり

꽃 속	花の中
나비 한 마리	蝶一つ
들어갔다	入りて
나와	出でて
떠나네	ゆく

올려다 보니	見上げれば
어지러운	目まう
새 그림자	鳥の影

구름 하나	雲一つ
흘러 가는	ゆく
쪽으로	方に
보리	麦草の
펼쳐지고	広がり
이삭무리	穂群
바람에	風に
물결치며	波打ち
흔들리네	揺るゝ
늦가을	晩秋の
석양	夕日
아쉬워하며	惜しみ
언덕에	丘に
올라가네	登りゆく
고추잠자리	赤トンボ
내 가슴에	我が胸に
멈춰	止まり
날개	羽根
쉬고 있네	安めをり

고추잠자리	赤トンボ
생명	命
경쾌하게	軽やかに
날아가	飛び去りに
버렸네	けり

푸른 하늘	青空
푸르름	青
무한한	無限の
저편	彼方

반달	半月
하얗게	白く
떠 있네	浮かびをり

바라보니	見つむれば
하얀	白き
풀 이삭	草の穂
희미하게	かすか
흔들리고 있네	揺れてをり

석양	夕日
수면에	水面に
반사되어	反射し
내 눈과	わが目と
영혼에	魂に
찬연히	燦然と
빛나네	輝く

내 삶이	わが生の
도달한	辿り着きし
영원한	永遠なる
지금	今

빛	光
닿기 시작하는	及び来る
내	わが
발밑의	足元の
물가	水辺
등심초	灯心草
살랑거리네	そよぐ

208

운명과 회귀

안준휘

이 시집『무사시노(武藏野)』는 20여 년 전 시초샤(思潮社)에서 출간된 두 권의 시집『모시풀 들판(苧種子野, 무사시노)』과『오디(桑の実, 뽕나무 열매)』의 모체이다.

이 두 시집은『무사시노(武藏野)』의 시편 중에서 발췌하여 묶었다.

나는 당시 다른 사람을 배려하는 마음에, 그 후에 인연을 맺은 사람과의 관계 속에서 쓰여진 시편 전부를 발표하는 것을 자제했었다.

그 후로 줄곧 무사시노(武藏野)』의 시편들은 원고 상태인 채, 빛을 보지 못하고 묻혀 있었다.

그러던 것이 이번에 시집『무사시노(武藏野)』가 신기한 운명을 만나, 수면위로 떠올라 세상 밖으로 나올 수 있었다.

『무사시노(武藏野)』의 출간과 더불어, 그 속에 원래부터 포함되어 있던 첫 번째, 두 번째 시집의 시편들도 그 안에서 되살아나게 되었다.

그렇게 시집『무사시노(武藏野)』는『모시풀 들판(苧種子野,

무사시노)』과『오디(桑の実, 뽕나무 열매)』로 출간되었고, 지금 다시 그 두 시집을 포괄하여『무사시노(武蔵野)』로 출간되었다.

그동안 실로 20년이라는 세월이 흘렀다.

이 기회를 놓치면 시집『무사시노(武蔵野)』는 영영 빛을 보지 못한 채 묻혀버릴 운명이었다.

앞서 출간된 두 시집은 출간 당시 문단과 독자들에게서 많은 주목과 기대를 받았다.

다행히 그간 사명을 다하고, 그 고독도 잘 견뎌내어 지금 다시 이곳 모체로 귀환하게 되었다.

예전에 출간된 두 권의 시집을 지금 다시 펼쳐보니, 당시의 뜨거운 숨결을 잘 전달하고 있음이 느껴져, 그 속에 수록된 몇 편의 시를 여기에 인용하여 당시를 더듬어 볼까 한다.

그것이 이러한 시를 쓰게 된 동기와 그 결과인 시집『무사시노(武蔵野)』에 대한 이해를 이끌어주는 실마리가 되어 줄 것이라고 생각한다.

시집『모시풀 들판(苧種子野, 무사시노)』에 대하여

내가 '모시풀 들판(苧種子野, 무사시노)'에 대해 알게 된 것은 시집『무사시노(武蔵野)』의 편집을 마무리하던 무렵이었다.

그리하여『무사시노(武蔵野)』는 갑자기『모시풀 들판(苧種子野, 무사시노)』이 되었다.

그때 나는 한 연구서에서 '무사시노(武蔵野)'의 어원이 한국어라는 사실을 알게 되었다.

그 연구서에 따르면, 서기 600년대 무렵, 한반도에서 도래한 사람들이 지금의 '무사시노(武蔵野)' 지역에 직물 기술과 함께 마의 일종인 '모시풀 종자'를 들여왔고, 그 모시풀 종자의 들판이라는 뜻에서 유래했다고 한다.

그것을 알게 된 나는 가슴 속 깊이 거듭 이루 형용할 수 없는 깊은 감동을 느꼈다.

그 책을 들고 돌아오는 길에 '무사시사카이(武蔵境) 역'에 내려서니, 마침 무사시노에는 둥근 보름달이 떠 있었다. 그것은 지금까지 본 적 없는 크고 신비한 보름달이었다. 보름달은 낮고 크게 불같은 색을 띠고 무사시노의 하늘에 둥실 떠 있었다.

그때 그 자리에서 지은 시가 "오늘 밤 무사시노의 보름달 한 점 구름 없고, 내려서니 등뼈인 조선 다시 불 켜지며, 무사시노 모시풀 들판이 되네"이다.

그 가슴 속 수많은 감동 중 하나는, 내가 문학에 눈뜬 계기가 '구니기타 돗포(国木田独歩)'의 『무사시노(武蔵野)』라는 소설이었다.

나는 이바라키(茨城)현의 산촌에서 태어나 자라, 당시 중학교에 갓 입학한 소년이었다.

그때 나는 무사시노가 어느 지역의 지명인지 알지 못했고, 또 생각해 본 적도 없었다.

그랬던 것이 훗날 문득 깨닫고 보니, 놀랍게도 내가 그 땅에 살고 있었고, 시집 『무사시노(武蔵野)』를 집필하고 있었다.

더욱이 이와 관련된 깊은 감동은 나 자신이 재일한국인 2세로서의 내력을 가졌다는 사실이었다.

그리고 일본에서의 내 고향의 자연이 무사시노의 자연과 유사한 것도 있어. 신기하게도 내 향수어린 무사시노와 내 자신의 뿌리가 부합했던 것이다.

당시의 나에게는 무사시노의 어원이 한국어라는 사실을 알게 된 것은 실로 엄청난 감동이었다.

그리고 무사시사카이 역에 내려선 나를 맞이해준 무사시노의 하늘에 떠 있던 멋진 밝은 보름달. 놀랍게도 그 광경은 '무사시노 모시풀 들판이 되는' 순간이었다.

1998년 2월 11일 저녁의 일이었다.

하지만 그 보름달은 다음 날 저녁에는 "다시 조금씩 흐릿하게 이지러져" 갔다.

그리고 '모시풀 들판(苧種子野, 무사시노)'은 내 가슴 속에서 평온하게 변화하며, "나 꿰뚫고, 불 고요한 모시풀 들판"으로 이어져, "넓은 대지 제단에 제사드리는 나, 무사시노에 오르는 모시풀 들판의 연기, 멀리 뻗어가네"가 되고, "머나먼 길 우회하고 교차하여 회귀하네"가 되고, "지나온 길 그립네, 뒤돌아보니 무사시노 나무 사이 빛 속 길"이 되고, 다시 "나아가는 길, 회구하는 길"이 되어, 마치 나 자신이 나아갈 앞으로의 운명을 예감하고 이야기하는 듯했다.

'책에는 운명이 있다'고들 하는데, 책 자신이 스스로의 운명을 예감하고 알려주는 경우도 있는 것일까?

혹은 신이 글 쓰는 자를 통해 책의 영혼이 되고 말이 되어, 운명에 대해 이야기하는 것일까?

그리하여 글 쓰는 자도, 책도 그 운명에 의해 자연스레 신에게 인도되어 가는 것일까?

지금 실제로 이렇게 쓰고 있는 나도, 자신도 모르게 운명에 의해 신에게 인도되어 글을 쓰는 듯한 느낌이 드는 것은 참 신기한 일이다.

시집 「오디」에 대하여

자연이란 나에게는 이 세상에서 가장 아름다운 것이며, 그 아름다움은 곧 명확한 질서이며 참된 것이다.

창조주가 은밀하게 사는 곳이기도 하다.

젊은 날에 그러한 자연을 만난 후로, 수십 년 동안 나는 오로지 자연의 순례자였다.

그대로 내 인생은 자연의 품에 안겨, 그 교감 속에서 무사히 행복하게 끝날 줄 알았는데, 중년이 되어 큰 시련을 겪고 좌절했다.

그 좌절과 상실감 속에서 나 자신의 한계와 죄를, 운명을 직시할 수밖에 없었다.

그런 가운데 나는 다시 자연을 직면하고 무사시노 땅과 재회했다.

그 시편들은 문자 그대로 무사시노를 떠돌며, 일련의 발걸음 속에서 써둔 것이다.

시집 『오디(뽕나무 열매)』는 시집 『모시풀 들판(苧種子野, 무사시노)』의 자매편이라 할 수 있는 작품이다. 각각 독립된 작품이지만 더불어 전체를 이룬다.

두 권 다 1995년부터 1998년까지 3년간 쓴 700여 편 중에서, 각각 135편과 150편을 골라 묶었다.

시집 『오디』에서는 무사시노의 어원에서 내 뿌리를 좇고 조상을 더듬어 갔던 『모시풀 들판(苧種子野, 무사시노)』의 주제가 그림자를 감춘 듯하지만, 마지막 장 '잔영'에서 "봄 무사시노의 흙, 나 밟는 발바닥에 부드러운 모시풀 들판"은 "밟혀 온 흙"을 동반하여 다시 나타난다.

"내 조선"은 "내 안의 자연 그대로" "산 중턱에 피고 지며 싹터가는 백목련꽃"으로 이어진다.

무사시노(武蔵野)를 향한 마음은 역시 여기에서도 "모시풀 들판(苧種子野, 무사시노)"이며, 그 '모시풀 들판'은 어디까지나 "크로커스꽃 보랏빛 맑아지는 모시풀 들판"인 것이다.

시집 『오디』는 발표할 생각이 없었으나, 자연스레 운명에 이끌리듯이 출간하게 되었다.

이 시집 역시 『모시풀 들판(苧種子野, 무사시노)』과 함께 탄생해야 할 운명을 짊어진 작품이라는 생각이 든다.

'내 조선'이란 부모님의 고향인 조국, 내가 부모님께 들은 환상 속의 땅이다.

돌이켜보건대, 내 시에서 한시(漢詩)의 흔적이 보이는 것은 어릴 적 아버지의 영향 때문이라고 생각한다.

생각지도 못한 뜻밖의 발견이었다.

문어적 표현은, 현대에 들어서도 일본에서는 여전히 시적,

214

전통적 표현을 굳이 중시하는 경향이 있는데, 내가 이러한 표현을 잘 구사하는 것은 재일한국인으로서 일본에서 태어나 자란 자의 특권이라고도 생각한다.

하여, 지금은 이렇게 탄생한 『오디』가 『모시풀 들판(苧種子野, 무사시노)』과 함께 계속 살아 있어 주기를 바라는 마음이다.

오디

오디(뽕나무 열매)는 내가 무사시노(武蔵野)에서 그녀 요코(容子)를 만났을 무렵, 미타카조스이(三鷹上水) 물가에 열려 있었다.

그것이 시집 『무사시노(武蔵野)』와 『오디』 서두에 있는 시 "무사시노에 오디 열릴 무렵 그대와 만났네"가 되었다.

"그대 미타카 조스이 물가 오디와 함께 흔들리네"는 그녀가 고향인 지노(茅野)로 돌아갈 때 미타카(三鷹) 역 근처 물가에서 잠시 이별을 아쉬워하며 그녀를 배웅했을 때를 표현했다.

"오디 잎새 그림자 어렴풋이 흔들리는 안쪽, 찌르레기 한 마리"도 그때를 노래했다.

그녀를 배웅한 후 그 외로움을 달래고자 조스이 물가에 다시 혼자 돌아가 보니, 그녀와 함께 본 오디 열린 뽕나무 잎새가 어렴풋이 흔들리고 그 안쪽에 한 마리 찌르레기가 가만히 몸을 숨기고 머물러 있었다.

그곳에 걸린 작은 돌다리 난간을 잡고 둘러보니, 수로는 오디 열린 뽕나무 그늘에 얕은 여울이 되어, 다가올 내 운명 같은 건 무심한 채, 잎 사이로 비친 햇빛을 받으며 그저 자연 그대로 흘러갈 뿐이었다.

"잦은 기침에 그대의 모과 원했네"의 모과는 그녀가 집에 돌아갔을 때 지노의 특산품으로 선물해준 모과액을 말한다.

당시 자주 기침을 했던 나는 그 모과액을 기침약으로 먹곤 했다.

떡갈나무집

떡갈나무집이란 내가 그녀와 함께 살았던 오크캐빈즈무사시노란 이름의 원룸을 말한다.

무사시사카이 역에서 그리 멀지 않은 곳으로, 1층 7호실이다.

그곳에서의 약 3년간의 생활 속에서 『무사시노(武蔵野)』의 시편이 쓰여졌다.

그녀는 '적십자 무사시노 간호대학'의 학생이었다.

근처에 '무사시노 적십자병원'이 있고, 요코는 떡갈나무집에서 그 병원 부속의 간호대학을 다녔다.

"하얀 꽃봉오리 감귤꽃 향기롭네"라는 시가 있고, "그대 이마 어린, 희미하게 하얀 간호사 모자, 적십자의" "무사시노의 적십자, 가을 나무 사이로 비친 햇빛, 직박구리 나를 부르며 우네"로 이어진다.

떡갈나무집은 무사시노의 조용한 분위기의 떡갈나무로 둘러싸인 곳에 있었고, 직박구리나 박새 같은 들새들도 자주 찾아오는 곳이었다.

"떡갈나무 가지 직박구리 날아와 지저귀고, 떡갈나무집 그대와 나 머물렀네" "순간 직박구리 날아올라 진동 남네"라는 시는 흔들림이 남는 것은 떡갈나무 가지이지만, 내 마음을 의미하기도 하고, 다가올 내 자신의 운명과 심경을 암시하는 듯한 장면이다.

"시간 끝나지 않고 박새 또 오네"라는 시가 있다. 박새는 아침, 점심, 저녁으로 마치 시간을 알려주듯 주기적으로 상쾌한 울음소리를 내며 찾아왔다.

"어째선지 마른 가지와 파란 풋도토리 함께 떨어졌네"는 집 옆에 있는 신사 경내의 나무 그늘에 기대어 서 있던 내 발밑에 마치 신의 계시인 듯 도토리가 떨어진 장면이다.

"무사시노의 나무 그늘, 내 그림자 나무에 기대어 있네!"라는 시가 있다.

나는 그때 무엇을 고뇌하고 상념했을까?

앞집 뒷마당에서 나를 향해 피는 석류꽃도, 그 열매도, 고독한 나를 위로해 주는 것들이었다.

"내 운명과 필연, 지금 때가 차 석류꽃 피네" "석류 열매 하나 고요히 흔들리고, 나 지금 떡갈나무집에 살고 있네" "그대 열아홉 스물, 스물하나로 별처럼 제자리 잡아가네" "떡갈나무집 나 이곳에 살며 보고 정함은, 그대 스물둘, 창가에는 한층 앳된 석류 열매 하나" 등의 시도 이때 쓰여졌다.

'내 집의 석류 꽃봉오리 하나'가 떡갈나무집에서의 요코와의 생활 속에서 석류꽃을 피우고 열매를 맺으며 그녀와 나의 운명적인 전개를 따라와 주었다.

"박꽃 이웃집에서 뻗어 와 피네"는 모자가정인 옆집에서 베란다 너머로 뻗어 온 것을 노래했다.

그곳에도 감추어진 사람의 운명이 있었던 것이다.

"여주 덩굴 노란 꽃, 감추어 둔 초록 꺼내네"는 마당에서 뻗어 온 여주 덩굴 꽃을 말한다.

그 꽃의 노란색에도 감춰진 초록이 희미하게 퍼져 나와 있었다.

사계절 내내 피고 지는 정원의 풀꽃과 화초, 실내 화분에 심은 꽃, 그것들은 모두 기특하게 내 마음을 떠받치고 위로해 주고 이야기하며 시편을 남기고 떠나갔다.

"사프란과 보내는 가을 오후, 사프란의 그림자" "오늘 노란 수선 조금 비스듬하네, 무엇을 생각하나" "봉선화 줄기 뿌리 붉고, 잎새 비쳐 꽃 그림자 희미한, 쓰러지면 그곳에 뿌리 자라네" "봉선화 비치어 가는 시간의 저편" 등의 시도 이렇게 쓰여졌다.

"바다 우는 소리, 하룻밤의 달의 사막"은 보소(房総)의 바다를 그녀와 함께 여행했을 때, 온주쿠(御宿)의 숙소 주변 풍경을 노래했다.

그곳 모래밭에는 달의 사막을 걷는 낙타에 탄 왕자와 공주의 동상이 있다.

"잠든 그대 숨결 녹아드는 사이, 바닷새 우네"라는 시도 그때 썼다.

바다 여행에서 떡갈나무집으로 돌아온 우리를 다음 날 아침 맞이해 준 것은, 무사시노를 청량하게 울며 날아가는 박새와 나팔꽃이었다.

　"바다에서 돌아온 다음 날 아침, 무사시노에 박새 우네" "여행에서 돌아온 다음 날 아침, 나팔꽃 자줏빛 투명하네" "운명의 끝, 나팔꽃 자줏빛 차분해졌네"라는 시로 이어진다.

　"창문 김 서리는 조금 위쪽, 겨울의 푸른 하늘 새 건너가네"의 새는 철새를 말한다.

　갈고리 모양으로 무리 지어 날아가는 기러기 소리 들려오고, 머나먼 하늘을 부지런히 건너가는 모습이다. 거기에서 보이는 것은 통절한 적막감과 쓸쓸함, 한결같고 끊임없는 자연의 생명력이다.

　"겨울의 창 고향의 호수, 구름 사이로 아련하게 지나가네"라는 시와 "봄 구름 창문 빠져나가네"라는 시도, 그 창문에서 본 풍경이다.

　눈도 자주 내리는 해였다.

　"가루눈과 함박눈 함께 내리네" "텔레비전 안테나 눈과 함께 떨어져 내리려 하네"는 앞집의 낡은 지붕에서, 쌓인 눈과 함께 텔레비전 안테나가 떨어져 내릴 듯한 광경을 노래했다.

　"눈 끊임없이 내리는 이슬 맺힌 창문" "눈 고요해지고, 새 그림자 낮게 나네" "창문에 서린 김, 동그라미 그려 보는 봄의 가랑눈"으로 이어져 간다.

　"풀숲의 열기, 어디선가 으스름달 무사시노의 떡갈나무 집" "길모퉁이 돌면, 하얀 분꽃 떡갈나무 집" "생각에 잠겨 그대 가지고 돌아온 것은, 하얀 분꽃 흐릿한 연분홍의"라는 구절도 이때 노래했다.

떡갈나무집은 지금도 그리워지고, 내 가슴 속에 살아 있다. 그 모퉁이를 돌면 하얀 분꽃 피는 떡갈나무집이 있고, 지금도 그곳에 돌아가면 그때 그대로 요코가 여전히 그곳으로 돌아올 것만 같다.

요코와 함께 보낸 떡갈나무집에서의 생활은 천상적인 것이었다. 현실은 가혹하고 고뇌와 갈등 속에 있었지만, 지금 와서 생각하면 그것이야말로 그대로 지상의 천국이었던 것처럼 회상된다.

"그대와 나의 시간 천상이 되고 지상이 되어" "인생의 단술과 떫은 술 섞어 마시네" "한 방울 쓰고 떫고, 희미한 단맛"이라는 시도 이때 썼다.

그것도 벌써 25년 전의 일이다.

실제로 있었던 모든 것들은 그렇게, 그때마다 그 시간 속에서만 존재하며, 또한 지금 존재하는 시간 속에서만 존재하는 것이다.

그렇게 모든 것은 그때마다 존재하면서도, 또한 허무하게 떠나가서는 다시 돌아오지 않는 시간 속에 있다.

시간은 허무하게 떠나며, 어떤 시간도 두 번 다시 돌아오지 않는 시간이지만, 떡갈나무집에서 함께 보낸 요코와의 시간은 지금도 그립고, 내 마음속에서 되살아나곤 하는 영원히 아름다운 시간이다.

이처럼 허무하게 사라지는 시간 속에서 진정으로 존재한다고 생각되는 것은, 내 의식 속에서 시간을 초월하여 남아 있는 추억과 지금 한 순간 한 순간의 시간 속에서 존재하는 영원한 마음뿐이라고 생각한다.

시집『무사시노(武蔵野)』의 시편 속에 스며 있는 영원한 마음도, 시집『꽃 그림자』에 도달한 "내 삶이 도달한 영원한 지금"이라는 시도 그러한 심경과 경지를 가리킨다.

무사시노(武蔵野) 산책

내가 자주 산책한 무사시노는 우선 떡갈나무집 주변으로, 요코가 다니고 있던 간호대학이 속한 무사시노 병원과 무사시사카이(武蔵境) 근처의 조스이(上水) 물가였다.

그 조스이 물가를 조금 걸어가면 사쿠라바시라는 다리가 있고, 그 앞으로 쭉 조스이의 원류인 다마가와(多摩川) 강까지 이어져 있다.

그곳을 갈 수 있는 데까지 갔다가 미타카(三鷹)로 돌아와, 미타카에서 하행선 전철을 타고 한 정거장에서 내려 무사시사카이로 걸어서 귀가했다.

그곳에서 다른 사연이 있어, 조후(調布) 시의 쓰쓰지가오카 주변에 자주 나가 걷곤 했었다.

쓰쓰지가오카는 옛날 내가 결혼해서 처음 살았던 첫 무사시노의 땅이었다.

만 23세에서 27세까지 4년간을 그곳에서 살았다.

떡갈나무집에서 요코와 생활하기 30년 전의 일이다.

그 후 시간이 흘러, 다시 무사시노의 땅에 살게 되어, 요코와 만난 무사시노는 내게 두 번째의 무사시노였다.

나는 당시 쓰쓰지가오카에서의 새로운 생활 속에서 가정을 꾸리고, 그때까지의 힘들고 고독한 삶에서 겨우 해방된 것 같았다.

　그리고 근처에 있는 무사시노의 자연을 더듬으며 걷기 시작했다.

　무사시노의 자연이 내 고향의 자연과 흡사하기도 해서, 고향에 대한 향수와 함께 무사시노의 자연이라 여겨지는 곳을 더듬어 걷는 사이, 새로운 자연의 발견과 깊이에 매료되었다.

　그 안에서 눈뜬 자연관은 낭만주의적이고 범신론적인 것이 되어 깊이를 더하고 숙성되었다.

　나의 자연에 대한 시적 감성은 '돗포'의 자연관에, 윌리엄 워즈워스를 비롯한 영국 낭만주의와 독일 낭만주의의 감성과 정서가 합해져 '그대 숲이여 자연이여'라고 부르며 자연에 도취해서 '내 인생은 저 졸참나무 우듬지의 아름다움을 깊게 만드는 것에 지나지 않는다'라고 단언하며, 자연을 사랑하고 추구했다.

　소년 시절 돗포의 소설 『무사시노(武蔵野)』에 의해 눈뜬 자연관은 무사시노 땅에 이르러 '자연의 아름다움과 질서에서 신을 보네'라고 사유했다.

　이 시기의 자연체험은 나중에 한층 더 중요한 의미를 갖게 된다.

　당시 쓰쓰지가오카에서의 생활은 그 정도로 의미 있게 가슴 속 깊이 깃들어 있었다.

　나는 그 시절을 '쓰쓰지가오카 시절'이라 부르며, 평생 소중히 여기고 있었다.

포플러 숲을 물까치가 건너가는 아랫길을 걸어가는 내 눈앞에 불현듯 펼쳐진 보리밭을 "무사시노 불현듯 보리밭 펼쳐지고, 이삭 무리 바람에 물결치며 흔들리고, 내 눈 내 마음 함께 흔들리네"라고 노래한 것은 그때의 추억을 되살린 것이다.

쓰쓰지가오카를 다시 찾아가 옛날 걸었던 길을 다시 더듬어 걸으면서 다음과 같은 시편들을 썼다. "그 우듬지와 하늘 지금도 있어, 무사시노의 샛길 나 더듬어 가는, 더듬어 온 길" "무사시노의 그리운 길 더듬어 가니, 으름덩굴 다섯 잎 지지 않았고, 구기자 열매 조금 남아 있네"라고 시간의 흐름을 따라가며 쓸쓸하게 이어져, "사당나무 은행 떨어지는 무사시노의 길"이라는 시에 닿는다.

옛날 걸었던 그 길을 다시 찾아가, 옛날에 그러했듯이 같은 곳에 멈춰 서 보니. 같은 하늘과 우듬지가 있었으나 으름덩굴의 다섯 잎만 안간힘을 쓰며 달려 있고, 구기자 열매 몇 알도 힘겹게 남아 있었다.

길가의 작은 사당 옆에 있는 은행나무 잎은 늦가을 길 위에 쓸쓸히 지고 있었다.

"무사시노의 추억의 좁은 샛길 올라와 돌아보니, 내 허무한 과거, 지는 해, 피처럼 구름에 녹아, 저녁연기 길게 뻗어 있네"라는 노래는 옛날에 자주 걸어 올랐던 그리운 그 길을 찾아와, 내가 살았던 집 근방을 돌아보며 느꼈던 심정을 표현했다.

내가 예전에 살았던 집 근방이란, 쓰루지가오카의 이루마가와(入間川) 강 둔치의 좌우로 센가와(仙川) 강, 그리고 진다

이지(深大寺) 절 주변의 구릉으로 이어지는 곳이었다.

그것은 내가 떡갈나무집에서 그곳을 방문했던 때보다 30년 전의 일이며, 그 후 다시 25년이 지난 지금부터 거슬러 오르면 55년 전의 일이다.

당시 자주 들었던 쇼팽의 피아노 협주곡과 차이코프스키의 교향곡 '비창(悲愴)'이 지금도 내 가슴속에 울리며 쓰쓰지가오카에서의 모든 것을 낭만과 비창 속으로 이끈다. 또한 그 모든 것을 허무 속에 남겨둔 채 사라져 간다.

내가 다시 쓰쓰지가오카를 찾아가, 옛날에 걸었던 길을 되짚어가며 반복해서 걷게 된 데는 그 후에 겪은 인생의 좌절과 상실, 과거의 쓰쓰지가오카 시절에 대한 향수가 스며 있었기 때문일 것이다.

또한 쓰쓰지가오카는 내 고향의 자연에 대한 향수로도 이어졌고, 더욱이 돗포의 작품『무사시노(武蔵野)』의 자연 묘사에도 나타나 있듯이 약간 높은 언덕 위 낙엽수 우듬지에서 한바탕 부는 바람에 단풍이 흩날리는 곳이기도 했다.

그것은 소년 시절에 읽은 돗포의『무사시노』에서, 늦가을 낙엽수 우듬지에서 단풍잎이 일제히 바람에 휘날리는 장면의 묘사를 읽었을 때, 소년이었던 내 가슴 속에 형용할 수 없는 감동이 휘몰아쳤던 광경이었다.

그것이 나의 문학과 더불어 자연관에 눈을 뜨게 된 계기였다.

이리하여 무사시노 산책은 떡갈나무집에서 조스이 물가를 거쳐, 쓰쓰지가오카에 이르며 내 과거에 대한 마음의 편력을 더듬는 길이었다.

그러나 그 산책은 단순히 고향에 대한, 또는 과거에 대한 향수와 회상으로만 끝나는 것이 아니라, 쓰쓰지가오카 시절의 산책도 그러했듯이 늘 새로운 자연의 발견과 심화와 함께, 인생의 성숙 안에 존재했다는 생각이 든다.

돗포의 문학비

그날 문득 쓸쓸함을 느낀 나는 요코와 함께 조스이 물가로 산책하러 나갔다.

떡갈나무집에서 걸어서 조스이 물가로 조금 걷다 보니, 문득 눈에 들어온 것은 돗포의 문학비였다.

그것은 생각지도 못한 일이었다.

그 길을 이전에도 요코와 함께 여러 번 걸었지만, 그곳에 돗포의 문학비가 있다는 사실을 알아채지 못했다.

문학비는 무사시노의 초여름 나뭇가지 사이로 비치는 햇빛 속에 고즈넉하고 고요한 모습으로 조스이 물가의 여울 부근에 서 있었다.

문학비는 흡사, 그날 우리가 찾아올 것을 기다리고 있었던 듯한 느낌이 들었다.

나는 요코와 함께 그곳에 잠시 멈춰 서서 깊은 감회에 젖었다.

소년 시절에 만난 돗포의 소설 『무사시노』, 훗날 운명에 이끌리듯 옮겨 살게 된 무사시노의 땅, 그곳에서의 요코와의 만남, 그리고 시집 『무사시노(武蔵野)』를 쓰게 된 일 등, 주마

등처럼 머릿속을 스쳐 갔다.

생각해 보면 머나먼 길이었다.

"머나먼 길 우회하고 교차하여 회귀하네"라는 시편이 가슴 속을 다시 오갔다.

그것이 신의 계획과 주선에 의한 것이었다면, 그것은 영원 의 과거로부터의 운명이며, 적어도 내가 이 세상에 생을 얻 어 탄생했을 때부터 시작된 것이며, 만약 돗포의 영혼의 인 도에 의한 것이라면, 돗포가 생을 마감한 때부터 시작되었을 것이라는 생각이 강하게 들었다.

돗포의 기일

시집 『오디』의 출간이 마침 요코의 생일과 겹쳐, 그날을 눈 앞에 둔 어느 날, 나는 무심코 돗포의 전기를 읽고 있었는 데, 도보의 기일에 대한 부분에 접어들었을 때, 무의식중에 내 눈에 그 날짜가 들어왔다.

그것은 요코의 생일과 같은 날인 6월 23일이었다.

이 사실에 나는 또 매우 놀랐다.

순간 내 눈을 의심할 정도였다.

요코와 만난 이래, 그녀의 만 20세 생일을 시작으로 여러 번 그녀의 생일을 맞았지만, 그날이 돗포의 기일과 같은 날 인지 몰랐다.

요코는 돗포의 기일에 태어난 사람이었던 것이다.

이것을 단지 우연이라고 단정할 수 있을까.

이 사실이 그리고 그 밖의 일련의 사실들이 모두 단순한 우연이 나열된 결과에 지나지 않는다고 할 수 있을까.

본디 신도 존재하지 않거니와 신의 섭리라는 것도 존재하지 않으며, 운명은 단순한 우연의 연속이며, 의미도 목적도 존재하지 않는 것이라고 그 누가 말할 수 있을까.

무사시노란 대체 나에게 아떤 존재였던 것일까?

나는 어린 시절부터 재일한국인이라는 내력 때문에 형언할 수 없는 고뇌와 갈등을 안고, 유랑민의 자식처럼 살았다.

부모님께서 말씀하시는 조국 조선은 멀리 환상 속의 고향이며, 나라를 이루고 있지 않았고, 훗날의 한국이란 말도 낯설고 위화감이 느껴져 친숙하지 않았다.

그렇다고 해도, 결코 마음속으로는 완전히 일본인이 된 것은 아니어서, 일본의 풍속과 문화에도 편안하지 않은 감정과 위화감을 느끼며 자랐다.

그랬던 것이 최종적으로 무사시노의 땅에서 그 해결을 보게 된 것이다.

그것은 그 땅에서의 운명과 만남 속에서, 시집 『무사시노(武藏野)』를 저술함으로써 자기확립과 자기초월을 이뤄낼 수 있었다.

자기확립과 자기초월이란 무엇을 말하는 것일까?

시집 『무사시노(武藏野)』에 그것이 가리키는 방향을 자연스럽게 나타냈다. 본래의 나 자신을 완성하고 민족과 국가의 벽을 넘어, 또한 재일한국인으로서의 내 의식 안의 좁은 벽을 넘어, 나 스스로를 인류의 일원으로서 자각하고 보편적 인간으로서 살아가는 방향성을 갖게 되었다고 생각한다.

꽃 그림자

시집 『무사시노(武蔵野)』는 "무사시노에 오디 열릴 무렵 그대와 만났네"라는 시로 시작해서 "그대 돌아오는 발소리, 내 가슴 속의 고동 소리"로 완결되고, 그 사이를 700편이 넘는 시편들이 연면히 이어졌다. 그런데 어째서인지 그 안에 들어가지 못하고 남겨진 시편들이 있었다.

시집 『꽃 그림자』는 그 시편들과 근년에 쓴 시편들로 편집되었다.

그 시편들이 어째서 시집 『무사시노(武蔵野)』에 들어가지 않고 남겨진 것일까. 그 후 한참 동안 시 쓰기를 중단했던 내가 왜 다시 시집 『꽃 그림자』의 마지막을 이끌어 가는 시편을 쓰게 된 것일까. 그 이유를 나 자신도 알 수 없다.

그것이 이렇게 전체를 이루고 하나하나가 이어져 가게 된다니, 저자인 나도 전혀 예상치 못한 일이다.

그 시편들은 확실히 나 자신의 실제 체험에 근거한 것이며, 그때마다 기회를 얻어 나 자신의 의식에서 자아낸 것이기는 하나, 그것이 또 어째서 전체 안에서 유기적 연관을 이루어 나타나게 되었는지, 그 이유도 역시 알 수 없다.

나에게는 처음부터 그 전체를 바라볼 시점이 없기에, 그 시점에는 그것을 초월한 어떤 존재가 상정되어야 한다는 생각이 든다.

그와 같은 초월적 존재라 여겨지는 신이란, 내 운명 안에서 몰래 섭리로서 존재하며, 나를 여기까지 이끌어 온 신일 것이다.

시집 『꽃 그림자』는 "랑게 꽃노래"로 시작해, "카발레리아 루스티카나"로 이어져, 마치 악곡의 최종 악장과 같다.

그것이 악곡이라면 나는 필경 작곡가일 테지만, 그 작곡을 이끌고 지휘하여 연주하는 자는 역시 내가 생각하는 신이라는 생각이 든다.

시집 『꽃 그림자』는 『무사시노(武蔵野)』에 이어 "내 삶이 도달한 영원한 지금"이라는 시에 이르러, "빛 닿기 시작하는 내 발밑의 물가, 등심초 살랑거리네"로서, 다음 장면의 걸음을 암시하며 끝을 맺는다.

걸어 나갈 방향은 어떻게 새로운 운명을 더듬고, 어디로 회귀해 갈 것인가.

그것은 내 삶의, 앞으로 다가올 만년의 운명이 더듬고 회귀해 갈 곳이다.

그것은 이미 시집 『무사시노』의 "보이기 시작하는 것 보는, 떠나가는 나" "사는 것, 보는 것, 떠나가는 것" "말하고 침묵하는 것"의 시편들에 표현했다.

"지금 이미 내 무덤 위에 솔바람 울고, 멧새 지저귀며 나무 그늘 잡초에 도라지 흔들리네"라는 시는 내 고향에 있는 내 무덤에 바람 불어오고 새 울고 도라지꽃 피어 흔들릴 그곳, 멀리 가스미가우라(霞ヶ浦) 호수가 푸르게 보이는 그곳을 노래한 것이다.

2024년 늦가을

1) 돗포 : 구니키다 돗포(国木田独歩, 1871~1908) : 일본의 시인, 소설
   가, 저널리스트, 편집자. 일본 자연주의의 선구자. 작품은 주로『무사
   시노(武蔵野)』(1901), 『돗포집(独歩集)』(1905), 『운명』(1906), 『심성(溥声)』
   (1907), 『돗포집 제2(独歩集第二)』(1908), 『물가(渚)』(1908)의 여섯 단편
   집에 수록되어 있다.
2) 구스타프 랑게(Gustav Lange, 1830~1889) : 독일의 작곡가. 아버지
   에게 피아노와 오르간에 대한 음악 교육을 받았고, 베를린 교회 음악원
   에서 피아노, 오르간 및 작곡을 배웠다. 1860년대에 많은 곡을 작곡했
   으며, 대부분 가볍고 인기있는 피아노 곡으로 약 500곡을 작곡했다. 그
   중 여성들이 좋아하는 서정적이며 선율이 노래하듯 연주되는 〈꽃노래〉
   가 유명하다.
3) 카발레리아 루스티카나(Cavalleria rusticana, 뜻: 시골 기사도) : 피에
   트로 마스카니가 작곡한 1막의 오페라. 조반니 베르가의 단편소설을 기
   초로 조반니 타르조니 토체티와 귀도 메나시가 이탈리아어 대본을 완
   성하였고, 1890년 5월 17일 로마의 콘스탄치 극장에서 초연되었다.

■ 옮긴이의 말

무사시노(武藏野) 들판에서 고대 한반도 도래인의 언어로 사랑과 바람을 노래하다

한성례

극도로 응축된 언어로 쓴 절창의 단시

재일시인 안준휘의 시는 일본에서 가장 오래된 시가집 만요슈(萬葉集, 1,400여 년 전에 성립)의 와카(和歌), 단카(短歌, 5·7·5·7·7의 5구 31음절로 짓는 전통정형시), 하이쿠(俳句, 5·7·5의 17음절로 짓는 근세기에 형성된 정형시) 등 일본 고전시의 정형미, 음률, 리듬 등의 형식을 취하여 서정적으로 처연한 내면세계를 펼쳤다. 그 속에 고뇌와 철학이 깔려 있다. 일본의 전통정형시는 각각의 시에 제목을 붙이지 않는다. 그는 이러한 일본 전통시가의 단시 작법을 빌려 하나의 거대한 장시로 완성했다. 독특한 이 시집은 일본에서 출간되자마자 크게 화제와 기대를 모았다.

또한 그는 아버지를 통해 조선의 정형전통시인 시조와 한시를 접한 적이 있어, 그의 시에는 한반도의 전통시 세계도 깔려 있다.

231

그의 시의 형태를 대략 살펴보면 다음과 같다.

1. 일본의 전통적 단시형인 와카, 단카, 하이쿠가 가진 공통의 본질을 품고 있지만, 글자 수라든가 하이쿠에 들어가야 하는 계절어의 제약 없이 자유롭게 썼다

2. 조형적 아름다움을 염두에 두고, 필요 없는 언어를 최소한으로 생략하여 완성된 형태로 만들었다.

3. 한편 한편은 독립적이지만 전체를 하나로 연결하여 유기적으로 전개했다.

4. 시편들은 소설처럼 이야기성을 가졌고, 음악성을 내포하여 실내악이나 교향곡이 연주되는 것처럼 이어져 있다.

5. 자연이라는 무대에서 인간의 운명과 본래의 자신, 그리고 신 등을 주제로 삼았다.

이 시집은 시인이 자신의 인생을 되돌아보고 자신과 관련된 땅과 자연, 그곳에서 만난 사람들을 독자적이고 독특한 음률로 그려낸 장대한 장편연작시집이다.

시에 구어체와 문어체가 미묘하게 섞여 있어 자칫 딱딱할 수 있지만, 음악성과 리듬감이 풍부하여 아름다운 서정성이 느껴진다.

일본의 마루치 마모루(丸地守, 1931~)시인은 안준휘 시인의 시를 "고전적 일본어의 시적 표현을 현대시에 살려, 가장 아름다운 일본어로 시를 쓰는 시인"이라고 절찬했다. 또한 야마구치 케이(1928~2016, 시인, 작가. 조선과 일본의 고대문화의 역사적 관계를 중시하여 그것을 알리는 데 힘을 기울였으며, 항상 재일조선인에 대한 진정한 이해자, 지원자였다) 시인은 안

준휘 시인에 대해 "현대 일본의 단시 시인 중 지금까지 아무도 이 시인의 경지를 넘지 못했다고 단언한다. 안준휘의 시는 일본 단시의 전형과 같은 시편들이다. 현재 일본의 시인 중 이처럼 품격 있고 아름다운 문체와 언어를 사용하여 시를 쓰는 시인은 드물다. 일본인들도 도달하지 못한 경지의 아름다운 일본어다. 일본의 아름다운 시어를 배우고자 하는 분들에게도 모범적인 시라고 생각한다."라고 최고의 찬사로 평가했다. 이처럼 문고체, 의고체를 살려 운율에 맞춰 시를 쓴 안준휘의 시는 일본에서 가장 아름다운 시어의 표본으로써 많은 시인들에게 상찬을 받았다.

일본에 1400년 전에는 시가집 『만요슈』가 있고, 중세에는 이즈미 시키부(和泉式部, 978~몰년 미상, 일본 헤이안 시대 최고의 여성시인)의 시가 있고, 현대에는 안준휘의 시가 있다고 칭송받을 정도로 그의 시는 **빼어난** 일본어와 한자어로 표현되어 있다.

정체성을 초월한 재일 디아스포라 문학의 정수

재일 1세대 시인들은 일제강점기를 직접 겪은 세대들이다. 해방 후에도 일본에서 살아야 했던 그들은 고향과 어머니는 늘 가슴 한쪽을 차지하는 아련함이고 애잔함이었다. 조국의 동족상잔과 분단을 무기력하게 바라보아야 했고, 일본 땅에서 이념에 따라 남과 북으로 갈리었다. 일본에 살며 일본어로 시를 쓰고 창작 활동을 했지만, 시적 정서나 정체성은 조선인이었던 이들 세대는 일본어를 사용할지라도 모국어는 한국어였다.

그러나 재일 2세대 이후로는 재일문학에서도 많은 변화를 한다. 그들은 주로 일본에서 태어나 일본에서 살아가는 세대들이다. 일본에서 살지만 그렇다고 일본인이 되지는 못한다. 그러므로 영원한 디아스포라, 경계인으로서 살아갈 수밖에 없었다.

최근에는 재일문학을 크레올(creole, 지배자와 피지배자 사이에서 태어난 혼혈적인 문화를 뜻하는 말) 문학으로 파악하려는 주장이 새롭게 등장했다. 자기, 언어, 문화인식 자체를 근본적으로 변혁시키려는 문화적 사상이다. 크레올 예찬론자들은 주로 해방 이후에 태어난 재일 2세대들이다. 크레올화 한 힘은 토착 문화와 모국어의 정통성을 근거로 구축해온 모든 제도와 지식, 논리를 새로운 비제도적인 논리에 의해 무력화시키고, 인간을 내면에서부터 갱신하고 혁신하는 새로운 비전의 전략을 내포하고 있다. 그들은 자신들의 문학을 '조선어인가 일본어인가, 조선문학인가 일본문학인가'를 뛰어넘어, 세계적인 관점에서 파악하여 세계적인 문학으로 확장시킨다. 두 나라가 뒤섞인 누더기 언어, 불완전한 언어라고 멸시받아 온 언어를 오히려 새로운 창조물로 구축하고, 언어 표현을 더욱 적극적으로 활용한다. 또한 모든 면의 혼혈성, 다종성을 플러스 요소로 파악하여, 보다 전략적으로 방법화한다. 일본어 · 일본문화 자체나 조선어 · 조선문화 자체를 포함하여 그 어떠한 언어나 문화일지라도 혼합하여 크레올이라는 문화의 기본 구조로 전환시킨다. 이와 같이 재일

1세대의 시는 조국을 그리워하고 분단된 조국을 안타까워하는 시가 주를 이루지만, 재일 2세대 이후의 시는 차츰 조국을 바라보는 복잡한 시선, 또는 조국과는 관계없이 일본 전통시가 바탕이 된 시, 해외의 문학적 경향과 접목한 시, 내면의 흐름을 쓴 모더니즘의 시 등 다양하게 변화하고 있다. 더욱이 재일 3세대 이후의 시인들은 언어와 국경을 뛰어넘어 새로운 세계로 도약하고 있고, 일본도 한반도도 아니며, 콜로니(colony, 식민지, 집단 거주지 등을 뜻함)도, 크레올도 아닌 새로운 시의 영토를 향해 준동(蠢動)하고 있다.

안준휘 시인의 시는 이처럼 변화하는 재일문학을 대표하는 시 중 하나이며, 정체성을 초월하여 재일디아스포라의 정수를 가진 시, 재일문학의 새로운 영토를 획득한 시라고 할 수 있다. 그의 시는 한국과 일본을 포함하지만, 그렇다고 어디에도 국한되지 않는다. 인간의 비애와 운명, 자연을 일체화해서 누구나 공감할 수 있는 시 세계를 펼친다.

전통 서정을 구축한 시 세계

안준휘 시인은 재일 2세대다. 일본의 이바라키현(茨城県) 산촌에서 태어나 자랐고, 대학에서는 철학을 전공했다. 중학교 때 우연히 구니키다 돗포(国木田独歩, 1871~1908, 일본의 소설가, 시인, 저널리스트, 편집자)의 『무사시노(武蔵野)』라는 소설을 읽고 깊은 감명을 받아 문학에 눈을 뜬다. 당시 그는 무사시노에 대해 잘 몰랐다. 나중에 대학생이 되었을 때, 우연히 무사시노 지역이 한반도 도래인들과 관련이 있다는 것을 알게 된다. 무사시노의 어원은 서기 600년대에 한반도 도래인들이 직물 기술과 함께 가져온 마의 일종인 '모시풀 종자의 들판(苧種子野)'이라는 의미였다. 그것을 알게 된 그는 형용할 수 없는 뜨거움이 가슴속에서 차오른다. 그 소설집을 들고 무사시노의 무사시 사카이역에 내려서자 그때까지 본 적 없는 붉은 색을 띤 커다란 보름달이 두둥실 떠 있었다고 한다. 그가 '무사시노 모시풀 들판'과 만나는 순간이었다. 환상 같기도 하고 몽상 같기도 한 그의 무사시노와의 신비한 만남이었다. 그는 1,400년의 아득한 시공을 넘어, 불가사의한 강한 힘에 이끌려 무사시노 땅을 밟았다. 그때까지 한 번도 가본 적 없는 한국이었지만, 어쩌면 그 심층에 자신의 근원에 대한 물음을 품고 있었는지도 모른다.

이후로 무사시노는 그의 시 세계와 정신세계에서 빼놓을 수 없는 존재가 된다. 소년시절에 읽은 소설집에 의해 눈뜬 그의 자연관은 '자연의 미와 질서에서 신을 보는 경지'에 이른다. 그리고 신이 불러주는 것을 받아쓰듯 무사시노를 소재로 방대한 시를 써나간다.

일본 강점기에 일본에 건너간 재일한국인들은 대부분 신산한 삶을 살았다. 그의 어머니는 부산항에서 16세 때 연락선을 타고 시모노세키로 건너간 제사공장(누에 실 뽑는 공장)의 여공이었고, 같은 경로로 일본에 온 아버지와 결혼하여 자신을 낳았다. 그는 첫 번째 결혼한 재일교포 아내와도 헤어져야 했다. 그는 어려서부터 쭉 죽음을 생각했다고 한다. 허무와 상실은 그를 죽음과 친밀하게 했다. 부모님이 정착한 일본인 마을에는 그들 가족만이 유일한 조선인이었던 것도 큰 원인이었다고 한다.

그러나 일상에서는 아무리 힘들어도 자연은 언제나 그를 따뜻하게 받아들여 주고 포근하게 감싸주었다. 고향의 솔바람과 멧새 지저귀는 소리, 잡초 속에서 도라지꽃이 흔들리는 풍경을 떠올리면 위안이 되곤 했다. 여기서 그의 고향은 한반도가 아니고 자신이 나고 자란 일본의 고향을 말한다. 그는 고뇌와 죽음의 유혹에서 손잡아 준 구원의 여인을 무사시노에서 운명적으로 만난다. 그리고 세상의 중심에 그녀를 두고 쉬지 않고 시를 써내려간다. 그에게 무사시노는 자신의 영혼과 하나인 자연이며, 어렸을 때 부모님께 들었던 부모님의 고향인 분단 전의 한반도이며, 그 상상 속 한반도와 하나가 되는 원고향이었던 것이다.

깊은 적요감과 고요함의 여백

언어를 극도로 응축하여 쓴 안준휘의 시는 페이지마다 넓은 여백을 품고 있다. 이 여백은 시인이 무언가를 전하고자 하는 의미와도 같고, 무사시노에 불어오는 보이지 않는 바람과도 같다. 무사시노에서 보낸 과거가 되살아나, 나무, 꽃, 바람, 물결, 햇빛, 새떼 등 모든 시간과 자연이 페이지의 여백마다 펼쳐져 있는 듯하다.

안준휘 시인은 걷는 사람이며 보는 사람이다. 보는 것, 말하는 것, 침묵하는 것, 그리고 나머지는 여백이다. 투명함이고, 적요감이고, 고요함이다. 이 적요감과 고요함은 무엇일까. 그것은 그가 이 심경에 도달할 때까지의 긴 세월에 걸친 고통과의 싸움, 그리고 보편적인 한 사람으로서 살아가기 위해 정신적, 사상적 갈등을 겪으며 다다른 경지라는 생각이 든다. 그러나 이 시집에는 한도, 원망도 없다. 고통의 그림자도 없다.

대학과 대학원에서 독일 철학을 전공한 영향 때문인지, 그의 시에는 예리한 감성과 엄격하게 언어를 다듬어 한편의 시를 완성하는 견실함이 있다. 수도 없이 무두질한 그의 시는 극도로 짧지만, 하나하나 결코 짧은 시가 아니다. 최소한의 글자 속에 삼라만상과 자연, 고뇌, 사랑, 인간 존재의 아름다움과 경이로움 등 모든 것이 응축되어 절정을 이룬다.

그의 시는 진한 고독이 느껴지면서도 항상 절망하지 않는 빛을 가졌다. 그 강인한 빛은 타인에게까지 미친다. 그는 존재하는 모든 것은 반드시 소멸한다는 것을 끊임없이 생각하며 현실의 고통과 아픔을 뛰어넘었다. 그리고 1400년 전으로 시간 여행을 떠나 무사시노 들판에 서서 멀리 뻗쳐나가는 모시들판의 연기를 바라보며 넓은 대지의 제단에 제사를 드린다.

일본에게 병합당해 고향을 떠나 적국의 시골에 뿌리 내린 아버지와 어린 아들, 그 아이를 바라보는 아버지의 따스한 눈빛 속에 감춰진 슬픔. 아들은 섬세하게 그 모든 것을 체화하여 자신의 시 속에 녹여냈다.

이 시집을 번역하는 동안, 시에 포함된 음률과 리듬을 살리고, 응축된 언어가 풀어지지 않도록 숨죽여 응시했다.

시인은 떠나는 사람이기도 하다. 우리들 또한 자신의 여행을 계속해 나간다.

이 시인과 시집의 여행길을 배웅하며, 그 길에 꽃잎 흩날리고, 햇살 환한 여로이기를 염원한다.

이 시집은 일본의 명문 출판사 시초샤(思潮社)에서 출간된 『무사시노(武蔵野)』를 바탕으로 번역했음을 일러둔다.

격조 높고 단아한 안준휘 시인의 시가 자신의 뿌리이자 부모님의 고향인 한국에서 널리 사랑받기를 바라는 마음 가득하다.